魔幻偵探所

9

山妖之謎

關景峰 著

新雅文化事業有限公司
www.sunya.com.hk

魔幻偵探所

人物介紹

南森

身分：魔幻偵探所創辦人、領頭羊

年齡：120歲

畢業學校：斯塔福德學院（伏魔系）

學位：博士

捉妖經驗：108年，獲得「捉妖能手」、「怪獸剋星」等稱號

性格：遇事鎮定、善於思考，生氣時聽到幾句好話氣就消了

最具殺傷力的武器：
顯形粉、綑妖繩、無影鋼鐵牆

海倫

身分：魔幻偵探所成員，南森的得力助手

年齡：13歲

畢業學校：劍橋大學（法術系）

學位：學士

捉妖經驗：1 年

性格：開朗、逢事觀察細緻，
吵架時總讓着本傑明

最具殺傷力的武器：綑妖繩、
凝固氣流彈

倫敦貝克街1號有一家**魔幻偵探所**，
成員們精通魔法，法術高明，在一系列緊張
而又富於冒險性的偵探過程中，他們並肩作戰，
成功偵破了一宗又一宗錯綜複雜、
動人心魄的魔怪案件。

本傑明

身分：魔幻偵探所實習生

年齡：11 歲

就讀學校：牛津大學（捉妖系）

捉妖經驗： 3 個月

性格：聰明淘氣、遇事毛躁

最厲害的戰術：非常規戰術

保羅

身分：魔幻偵探所機械狗

年齡：100 歲

工作能力：無所不知的電腦資料庫，善於用百分比分析事物

性格：異想天開、調皮、懶惰

最喜歡的食物：潤滑油

最具殺傷力的武器：追妖導彈

特級裝備

綑妖繩
能夠對準魔怪迅速旋轉收縮，將它綑緊綁實，繩子一旦落到魔怪身上，就像嵌入肉裏，魔怪越掙脫綁得越緊，當然放繩子時可要放得準才行。

無影鋼鐵牆
這堵牆其實就是氣流，它把氣流變成了無影無形的鋼鐵牆壁，能將敵人困在其中，衝不出去。

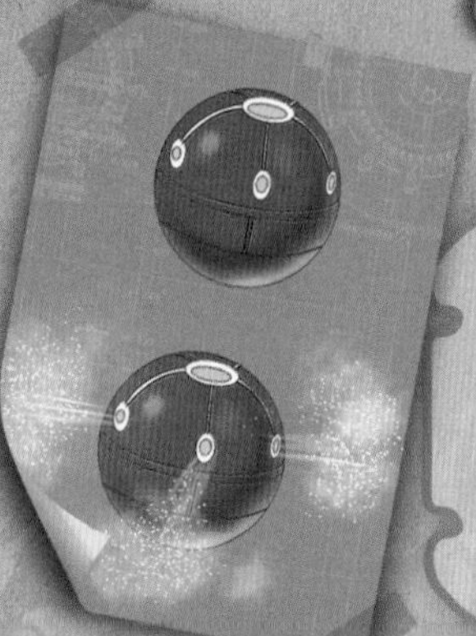

顯形粉
這是一種非常神奇的粉末，即使魔怪偽裝、隱形了也完全能顯現出它的原形。對了，「顯形」就是「現出原形」的意思！

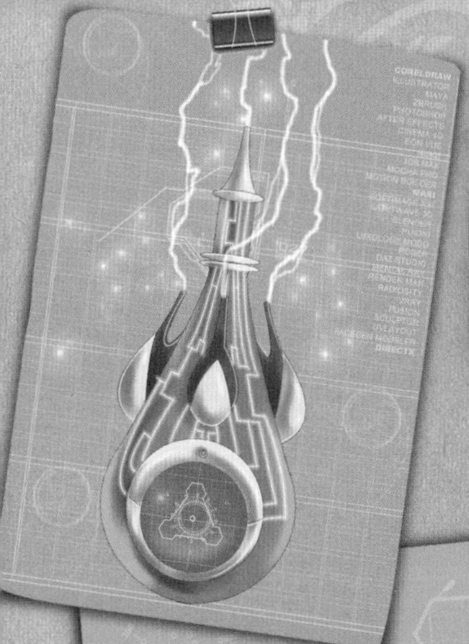

裝魔瓶

能把魔怪收進裏面，使其在三天內化成清水的神奇瓶子。即使魔怪身形再龐大，也能收進瓶內。

幽靈雷達

能夠準確測定氣流存在的方位，並及時發出警報的裝置。它能跟蹤、測定魔怪在哪裏。不過，如果魔怪的魔力非常強，幽靈雷達有時候也可能測不到，它的更強大的功能還有待你去改進！

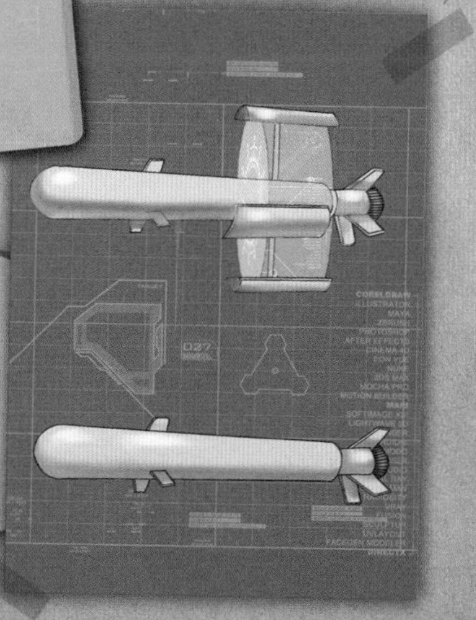

追妖導彈

能夠自動尋找魔怪，進行智能追蹤的導彈，這種導彈威力比較大，一般魔怪根本抵抗不了。

魔幻偵探開始行動！

目錄

第一章　遠道而來的魔法師

「這個保羅，跑到哪裏去了？」南森博士看了看房間的掛鐘，有些焦急地説，「快十點了。」

「説是出去一會。」海倫也看了看錶，「要是再不回來，我就去找他。」

正在這時，門口傳來拍門的聲音，本傑明連忙跑過去，把門打開，保羅一下就鑽了進來，進來後保羅直接跑進了裏面的實驗室，他有些慌裏慌張的。

「嗨，我説老伙計，你跑到哪裏去了？」南森博士也向實驗室走去，「魔法師聯合會説一會有人要來的，有重要的事……」

正在這時，門外傳來門鈴聲，本傑明連忙再去開門。博士和海倫也都向大門走去。

「肯定是那人來了。」本傑明邊走邊説。

門被打開了，本傑明看到了一張熟悉的臉——對面的鄰居西曼太太一臉不高興地站在門口，她的雙手叉在腰上，瞪了瞪本傑明。

「西曼太太……」本傑明説，「你有什麼事……」

「南森先生在嗎……噢，南森先生。」西曼太太看見了南森，「你家的保羅又在外面追我家的尼娜，尼娜都被他追上了樹……」

「啊，是這樣呀。」南森博士連忙陪着笑臉，偵探所的人都知道，保羅豈止只追那隻叫尼娜的貓呀，他在偵探所外見到貓就追，西曼太太已經來過兩次了。

「噢，真是不好意思。」海倫也很抱歉地說。

「我家尼娜可是淑女，你說哪家的淑女老是爬樹呀？」西曼太太看看海倫，還是很生氣。

「保羅，出來。」博士對實驗室喊道，「是怎麼回事？」

保羅低着頭，慢慢地走了出來，他不敢看大家，更不敢看西曼太太。剛才他出去，真的只想散散步，可是看見了尼娜，就跑了過去，這附近的貓狗向來不和，保羅又那麼另類，尼娜見了，馬上爬上了樹，保羅在樹下叫牠下來，這時西曼太太走了過來，保羅連忙溜回家。

「南森先生，以後可要好好管管你的狗了，你家這會說話的小狗就是喜歡欺負貓，貓都怕他。」西曼太太依舊喋喋不休，「簡直是個小霸王，沒有哪隻貓願意和他玩……」

話音未落，開着的門外「嗖」地竄進來一隻黃毛貓，

那隻貓看見保羅，立即撲了過去，保羅看見那隻貓也很是興奮，他們互相舔着對方的毛，樣子十分親密。

西曼太太被眼前的一幕驚呆了，她傻傻地看着那隻貓和保羅。

「是莎拉！」海倫認出了那隻貓。

南森博士往門口一看，只見莎拉的主人維拉尼站在了門口。

「西曼太太，真是對不起，我以後會好好管教保羅的，我現在有客人……」南森博士說道。

「那好，一定記得叫他不要再欺負尼娜了。」西曼太太看到魔幻偵探所來了客人，也不好意思再説什麼，轉身走了。

「維拉尼先生？」南森讓維拉尼進了房間，「魔法師聯合會説有人要趕來，原來是你呀！」

「是我，事情比較緊急，我就匆匆趕來了。」維拉尼的表情似乎有些緊張。

原來，早上的時候，魔法師聯合會來了電話，説是法國和意大利的魔法師聯合會遇到了棘手的事情，他們委派的代表會在上午十點左右趕到魔幻偵探所，叫南森博士接待，並全力支持法國和意大利魔法師聯合會的請求。至於事情的原委，大概是在法、意邊境的阿爾卑斯山出現了一個山妖，要請南森博士前往擒拿。

一年前，南森博士他們在斯塔福德學院修訂《魔法口訣大典》的時候，認識了法國巴黎的魔法師維拉尼，保羅和維拉尼養的貓咪莎拉也成了朋友，維拉尼在分別時説，今後到倫敦旅遊一定要到偵探所看看，沒想到他這次因為一件案件登門了。

「維拉尼先生，你先休息一下。」海倫看到維拉尼的樣子有些疲憊，請維拉尼坐在沙發上，「您是喝茶還是咖啡？」

「給我一杯水吧。」維拉尼説道。

海倫馬上端給維拉尼一杯水，維拉尼一飲而盡，他的表情放鬆了一些。

「南森先生，還好你沒有外出辦案，這事情非要你解決不可了。」維拉尼放下杯子，急匆匆地説，「不斷有人遇害呀……」

「你慢慢説，到底怎麼回事？」南森聽到維拉尼後面那句話，心裏一驚。

「事情是這樣的……」

維拉尼開始講述事情發生的經過。原來，就在半個月前，在法、意邊境的阿爾卑斯山，有兩個登山者在法國一側的穆捷遇害，他們身上的血都被吸光了。過了一個星期，又有一個旅遊者在意大利一側的庫爾馬耶遇害，法國和意大利警方都判斷這不是人類作案，就請各國的魔法師聯合會出面偵破案件，法國方面派出了維拉尼，意大利方面派出的是卡第拉諾——修訂《魔典》時他也在，南森博士也認識。

維拉尼和卡第拉諾來到阿爾卑斯山，聯手破案，他倆其實都有個心結，都擔心那個作案者就是十六年前他們在同一區域圍捕過的那個襲擊遊客的山妖。不過當時那個山妖在被包圍後，不知怎麼地就從意大利一側跑掉了。現在他們擔心那個山妖又回來了。

兩人經過追查，找到了一些山妖留下的痕跡，也詢問了目擊者，他們驚異地發現，這個山妖就是上次逃掉的那宗傢伙，而這次山妖的表現卻更加兇殘。

維拉尼和卡第拉諾都是本國魔法界的佼佼者，兩人使勁渾身解數追捕山妖，但連續幾次撲空，根本沒有見到山妖的面，而遊客和登山者遇害的人數又有增加，最近的一宗事件就發生在前兩天，一名當地村民遇到山妖，慌忙逃跑，山妖追趕時剛好有警方的直升機經過，山妖看到直升機就跑了，那個居民才被救下。

維拉尼和卡第拉諾都意識到，憑他們的力量無法解決此事，他們確實有很高的法術，但是在這樣大的一個區域，他們連山妖在什麼地方都找不到，因為他們畢竟不是專業的魔幻偵探，追蹤尋跡這樣的事不是很在行。他們全都想到了南森博士，在斯塔福德魔法學院南森破獲的那個案子叫他們記憶猶新，於是他倆立即向各自的魔法師聯合會建議，邀請南森博士出面，兩國的聯合會高層經過簡短商議，立即聯名向英格蘭魔法師聯合會求援，並指名請求南森博士前往破案。

「以前我們也接到過一些魔法師聯合會委派解決的案件。」南森博士聽完維拉尼的介紹，眉頭一直皺着，「沒想到這次會是你來求援。」

「我一直擔心，害怕你不在。」維拉尼說，「幸好你在，我是開着一架警方提供的小飛機來的，就是想馬上接你們過去，卡第拉諾還等着呢。」

「嗯。」南森博士說着站了起來，「事不宜遲，我們準備一下，馬上和你去那裏。」

「謝謝，你來接手這宗案件，太好了。」維拉尼很感激地說，「我和卡第拉諾會全力支持你的。」

「我們魔幻偵探所就是降妖除魔的。」南森博士說完看了看幾個小助手，「大家準備一下，綑妖繩、顯形粉、魔怪行蹤貼都要帶上，還有幽靈雷達。保羅，你檢查一下追妖導彈的配置，帶上備用導彈……」

「根據我的高速統計，這次使用導彈的概率在80%以上。」保羅搖了搖尾巴，「遇到棘手的案子的概率則在100%以上。」

魔幻偵探所的全體成員立即行動起來，也許就在這個時候，阿爾卑斯山上正有遊客遇害，他們必須馬上前往。南森本想問一下那個山妖的情況，可情況緊急，具體情況只有到實地了解了，不過有一點可以放心，那就是被法、意兩國的魔法師指認為魔怪的傢伙，一定是一個真正的魔怪，有好多次，博士他們急匆匆趕到一個兇案現場，最後發現都是人類裝神弄鬼，還有很多宗根本就是惡作劇。

海倫和本傑明檢查着各自的裝備，對於這種突如其來的外出，他們早就習慣了，他們的旅行箱從來都是放在牀的旁邊，裏面的旅行必備品都是放好了的。此時，他們要互相檢查和提醒對方，擒拿魔怪的武器一樣都不能落下。

保羅打開了自己的發射架，檢查導彈是否齊全，順便向莎拉炫耀了一下自己的高科技武器。按照博士的要求，保羅還帶了四枚備用導彈，海倫把那四枚導彈放進了自己的旅行箱。

十分鐘後，魔幻偵探所的全體成員都準備完畢。博士帶着大家出了門，開着自己的老爺車向希思羅機場駛去——維拉尼開來的飛機就停在那裏。

大家很快上了飛機，維拉尼的輕型飛機能坐十幾個人，他駕機升空，全速向法國飛去。

「維拉尼先生，我們在什麼地方降落？」本傑明在飛機起飛後想起一個問題，他把頭湊向駕駛艙的維拉尼，「巴黎嗎？」

「噢，本傑明，現在還想着玩？你是不是還要去艾菲爾鐵塔呀？」海倫大聲地對本傑明説。

「我只是問問行程，」本傑明不滿地翻了翻眼睛，「我又沒説去巴黎玩。」

「我們不在巴黎降落。」維拉尼微微一笑，「直飛阿爾卑斯山腳下的尚貝里，再從那裏開車進山，卡第拉諾在穆捷等我們呢。穆捷是個小鎮，法國警方的指揮中心也設在這個鎮上。」

「穆捷？」海倫問道，「你剛才説那裏也發生了兇案。」

「對。」維拉尼回頭看了海倫一眼，「好幾宗兇案發生地都離那裏不遠，所以我和卡第拉諾把據點設立在那裏，警方也是。」

第二章　人熊怪

飛機很快越過了英吉利海峽，進入到法國境內。海倫他們説話的時候，南森博士一直在低頭思考着什麼，連續有人遇害，可見山妖非常殘忍，像山妖這種魔怪，博士對付過幾個，但都沒有這樣殘忍，博士知道，這次的案件正如保羅預料的那樣，可能會很棘手。

保羅和莎拉擠在一起，透過舷窗望着下面的大地。天空晴朗，所以能見度很好。

「那就是塞納－馬恩省河嗎？」保羅看到一條大河，興奮地説，「真寬呀！」

「你怎麼知道？」莎拉問，「你在這條航線飛過？」

「沒有。」保羅得意地説，「我身上裝有全球衞星定位系統，需要的資料會馬上傳輸到我的大腦，啊，就是我的CPU上……」

莎拉點着頭，不無羨慕地看着保羅，保羅更加得意了。

大家在飛機上吃了些東西，算是午飯。經過近兩個小時的飛行，他們在法國東南的尚貝里降落，一輛法國警方派出的專車早就等在機場了。

不遠處，雄偉的阿爾卑斯山連綿起伏，美景就在眼前，但他們無心欣賞。大家上了車，汽車沿着蜿蜒上升的山路行進，一小時後，他們的車停在穆捷小鎮鎮北的一所獨立的房子前，這所房子有兩層，卡第拉諾先生就在房前等着他們，他那兩撇大鬍子特別惹人注意。

「卡第拉諾先生——」本傑明還沒下車，就向卡第拉諾使勁招手。

「本傑明，神勇小偵探，我們又見面了。」卡第拉諾也向本傑明招招手。

大家下了車，卡第拉諾連忙過來幫忙拿行李。

「南森先生，真是沒想到，在這裏見面了。」卡第拉諾和南森博士握了握手，接着轉向海倫，「海倫，真是越來越漂亮了。」

「謝謝。」海倫笑了笑。

「你的鬍子也越來越漂亮了。」保羅衝到卡第拉諾旁邊，搖着尾巴說。

「噢，保羅，神奇的機械狗。」卡第拉諾摸了摸保羅的腦袋。

「有什麼新情況嗎？」南森博士一直想着案件，問道。

「這個……暫時還沒有。」卡第拉諾一下變得嚴肅起來，「但願今天不要再出事……啊，博士，你們剛到，先去房間休息一下。」

「不用，我們把東西放下後就研究一下案子。」南森說道，他看看維拉尼，「維拉尼先生，你來回飛了兩趟，去休息一下吧。」

「我不累。」維拉尼搖搖頭，「說句實話，我根本就睡不着呀。」

南森明白維拉尼的心情，點了點頭。維拉尼帶着大家向屋裏走去，現在已經入夏了，但是山裏一點也不熱。博士看了看四周的羣山，那個山妖，一定就隱藏在裏面。

大家一起進了那所房子，南森和幾個小助手被帶到各自的房間，他們要住在這裏，不過也可能會換地方。這裏的海拔大概有二千多米。

五分鐘後，大家全都聚集在一樓的客廳裏，在客廳的中央，有一張很大的桌子，上面擺滿了資料，還有幾台電腦。

此時已經是下午兩點了，南森博士走到桌子前，拿起一份資料看了起來，那是一宗死亡事件的報告，博士簡單看了看，又翻了翻其他資料。

本傑明和海倫也走到博士的旁邊，翻看那些資料。維拉尼和卡第拉諾站在博士身後。

「你們有沒有和山妖正面接觸過？」博士回頭看了看維拉尼和卡第拉諾。

「十六年前有過，這次還沒有。」維拉尼說，「根據目擊者的報告，我們判斷這次出現的山妖和十六年前的那個是同一個，這隻山妖兩米多高，有兩個明顯的特徵，他左耳是完全殘缺的，全身的長毛呈灰白色，但右肋處的毛是黑色的。」

「來的路上，你說山妖極可能是人熊怪……」

「是的，我和卡第拉諾都判定他是人熊怪，阿爾卑斯山當地居民管他叫山妖。這次發現的人熊怪非常嗜血，這可真沒有聽說過，而且他會法術……」維拉尼說道。

人熊怪是一種遠古時代的怪獸，因為性情兇殘，曾被遠古時代的一些軍隊馴化，成為特別的戰士。這種怪獸模樣類似熊，但像人一樣直立行走，他爪子鋒利，四肢較長，毛色灰白，體態沒有熊那麼肥碩。經過訓練的人熊怪有思考能力，還能掌握語言。不過進入現代社會，這種怪獸變得極為罕見，也有專家認為這種怪獸已經絕跡了。魔法師們的必備工具書《地球怪獸大典》裏有人熊怪的特別介紹，對此怪獸，大家不算陌生。

「人熊怪？」南森博士抱着雙臂，仔細地思考起來，

「1962年我在英格蘭的約克郡抓到過一隻，但當時沒有費什麼力氣，怎麼人熊怪還會法術呢？」

「是這樣的。」卡第拉諾説道，「那是1993年，當時山妖出現在這一地區，攻擊遊客，造成了兩宗傷人事件。我和維拉尼前來捉拿，在邊境線找到了山妖的行蹤，我倆決定分開搜索，維拉尼在法國一側看見了山妖，他用資訊球聯繫我，要我火速增援。維拉尼在法國那邊和山妖正面交手，那山妖居然會法術。不過他打不過維拉尼，就逃向我這邊，他跑得很快，維拉尼追不上他，就又用資訊球聯繫我，讓我進行阻擊，我按照維拉尼指示的路線迎擊，卻沒有發現山妖，搞得維拉尼還誤會我，説我放跑了山妖……」

「那都是以前的事了，不要再提了。」維拉尼不好意思地笑了笑。

「山妖會法術？」本傑明迫不及待地問維拉尼。

「我也很奇怪，一般人熊怪確實會有一些蠻力，但我們遇到的這隻居然會法術，當然，他的法力和我比要差一些。」維拉尼説着對大家笑了笑，「不好意思，也許我太自大了。」

「不但有法力，那傢伙可能還會變化術呢。」卡第拉諾補充道。

「會變化術？」海倫瞪大了眼睛。

「對。」卡第拉諾看了看海倫，「我迎擊的路線，絕對是那傢伙的逃跑路線，因為那裏只有一條山路通向意大利，山路的兩側全是直上直下的峭壁，山妖的攀爬能力確實很強，但是爬那種峭壁也很危險的。我沿着山路迎擊的時候，曾在路邊看到一塊很大的山石，我和維拉尼會面後沒發現山妖，又向我來的方向尋找，我發現剛才看見的大山石居然不見了，我一直在想，山妖會不會料想到有魔法師阻截，就變成了一塊山石，我過去後他就逃跑了。」

「會變化的山妖？」海倫不禁感歎了一聲，「看來這傢伙真的很厲害，可他是怎麼會法術的呢？」

「這就不知道了。」維拉尼搖搖頭，「其實阿爾卑斯山和世界上很多的深山密林一樣，自古就有山妖出沒，只是會法術的山妖，還這樣嗜血的，真是太少見了。十幾年前這傢伙襲擊過遊客，但是沒有造成嚴重傷害，這次他下了毒手，而且非常瘋狂。」

「啊，對了，你們確定這裏的山妖只有一隻？」海倫突然想到一個問題。

「根據目擊報告和我們的研究，只有一隻。」維拉尼說。

「對。」卡第拉諾也點點頭，「還好只有一隻。」

南森博士聽着他們的話，若有所思地點着頭。他看着地圖。

「目前發現山妖活動的區域有多大？」博士問維拉尼。

「在這裏……」維拉尼走了過來，他手指着地圖，「法國這邊，上薩瓦省的帕西，薩瓦省的穆捷——也就是我們現在身處的地方都有山妖出沒的報告；意大利這邊，瓦萊達奧斯塔區的庫爾馬耶，皮埃蒙特區的塞雷斯也有目擊者報告發現了山妖，兇殺案目前大都發生在法國一側。」

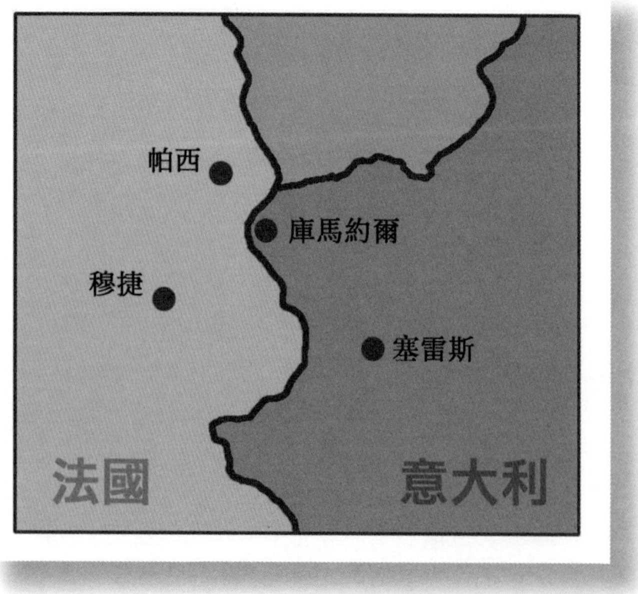

「很大的區域呀！」博士嚴肅地説道，「這裏大概有……」

「6000平方公里。」保羅在一邊準確地報出了面積，「沒錯的，這是我最新統計的結果。」

「嗯，6000平方公里。」博士點了點頭，「不過我們可以發現，這傢伙的活動範圍基本上以勃朗峯為中心。」

説着，博士的手指點中了地圖上的勃朗峯，勃朗峯高4810米，是整個阿爾卑斯山脈的最高峯，也是歐洲的第二高峯。

「沒錯，這裏是阿爾卑斯山最高的區域，也是人類活動較少的區域，不過會有一些登山者和遊客活動。」維拉尼點着頭説，「襲擊事件都發生在汽車無法行駛、很少有人的山路上，有的登山者在登山的時候遇襲，從這兩點看，山妖作案是盡量避開人羣的。」

「這説明他熟悉環境。」卡第拉諾插話道，「作案地點都是策劃好的。」

「是的，這個山妖……」南森博士看了看大家，「真是一個謎呀！」

「穆捷的襲擊就發生在離我們這裏不遠的地方，兩個登山者登山時遇襲，屍體被發現的時候已經死亡一天多了。」卡第拉諾指了指外面的大山。

大家都向大山望去，只見山上白雪皚皚，在陽光的映射下，那白雪有些刺眼。

「受害者的身體還被吸光了血。」博士說道。

「嗯。」維拉尼沉重地點點頭，「遇害者頸部動脈血管有山妖的齒印，他在那裏吸光了受害者的血，作案手法類似吸血鬼或吸血巫師，但是齒痕和傷口撕裂程度更大。」

維拉尼的話使得房間裏的氣氛更加凝重，海倫和本傑明對視了一下，本傑明咬了咬嘴唇，搖了搖頭。

正在這時，桌子上的電話鈴響了，那電話像是要跳起來一樣，卡第拉諾用驚恐的目光看了看維拉尼，維拉尼點了點頭。

卡第拉諾拿起了電話，剛說了兩句，他的臉色就變了，急忙放下電話。

「塞埃、塞埃鎮那邊有巡邏隊遇襲，一名警員身負重傷！」卡第拉諾急促地說，「是山妖幹的！」

「我們去看看！」維拉尼說着，人已經衝向門外。

第三章　襲擊現場

大家一起跑向大門，保羅和莎拉也夾在中間衝了出去。

「上車，大家都上車。」維拉尼招呼大家上了一輛公務車，這輛車也是法國警方給魔法師們配備的，「警方給我和卡第拉諾配了一架四座小型直升機，給你們配備的直升機要晚上才來。我們開車去塞埃，很近的。」

大家匆匆忙忙地上了車，維拉尼發動了汽車，一下就駛上了山間小路。

「塞埃的海拔接近三千米，現在是入夏沒多久，那裏的雪沒有完全融化。」維拉尼邊開車邊説，「車裏有警方給我們準備的衣服，大家穿上，那裏可比穆捷冷。」

卡第拉諾已經拿出了三件滑雪衫，遞給了博士他們。

「怎麼會有警察巡邏隊在那裏？」博士邊穿衣服邊問。

「是這樣。」卡第拉諾接過話，「法國和意大利的警員可都沒有閒着，山妖出沒在一個很大的區域，當地的警力不足，他們就調集了其他地方的警力增援，還組織了很多武裝巡邏隊，在山妖出沒區域巡邏，不只是想用武裝攻擊山妖，更重要的是要勸離那些在這個區域活動的遊客和登山者，警方在各個山間旅館發了通知，還登了報，說這一地區最近不安全，可有些遊客和登山者就是不聽勸阻……」

正說着，幾架直升機呼嘯着從幾個不同的方向在空中掠過，全都向塞埃飛去。

「警方的直升機。」卡第拉諾把頭伸向車窗外，張望了一下飛過的直升機，「上面都配備了機槍，他們想用重火力擊斃山妖……真是沒想到，山妖居然敢襲擊武裝巡邏隊！」

山路很崎嶇，維拉尼小心地駕駛着汽車，沿途沒有見到任何車輛，當地居民聽從了警方的建議，都呆在鎮上不外出。

不一會，汽車就開到了塞埃鎮旁的一條公路上，卡第拉諾已經用衛星電話聯繫了警方，出事地點就在塞埃鎮西面的一個山間河谷。維拉尼把車停在了路邊，大家飛快地下了車，在卡第拉諾的帶領下，他們一起向出事地點跑去。地面上有雪，大家行路艱難，一路發出「吱、吱」的踏雪聲。

「保羅，開啟魔怪預警系統，追妖導彈時刻準備發射……」南森博士邊跑邊說，「海倫、本傑明，打開幽靈雷達。」

「是。」小助手們一起回答。

遠處的河谷，有大面積的積雪，依稀可見人影晃動，一架直升機停在那裏，遠處的山間，直升機轟鳴的聲音不停地傳來。

大家一起來到出事現場，只見六名警員似乎還驚魂未定，他們都坐在地上，兩名警官站在那裏，商議着什麼。

「卡第拉諾先生——維拉尼先生——」一名警官看到大家，連忙揮揮手。

「拉科特警官，你好。」維拉尼衝在前面，拉科特是法國警方的負責人，「我們接到電話就過來了，噢，這位是倫敦魔幻偵探所的南森博士，還有他的助手，現在南森先生全面負責這個案子……」

「我已經接到通知了，啊，南森博士。」拉科特警官說，「久仰大名。」

「你好。」南森博士用地道的法語說，他和小助手們都掌握了好幾門外語，「請問發生了什麼事情？」

「還是讓洛里爾來説一下吧。」拉科特警官拉過身邊的另一位警官，「我也剛來，洛里爾是巡邏隊的隊長。」

「你好。」洛里爾看着南森，他看上去還算鎮靜，

「我帶着五個巡邏隊隊員執行巡邏任務，沿着河谷的小路行進。這裏有積雪，路不好走，隊尾的警員和我們拉開了一些距離，我突然聽到他驚叫一聲，那個缺耳朵的山妖不知道從什麼地方竄了出來，他把那個警員夾起來就跑，我馬上開槍，擊中了山妖的肩膀。山妖放下了警員，對着我們大吼，我又開了兩槍，山妖一揮手，很大的一股風沙撲

來，他借着風沙跑了，我們也想追他，可他跑得飛快，而且我們也沒有發現他留下什麼腳印。」

「受傷警員呢？」博士連忙問。

「被直升機送去醫院了。」洛里爾說，「肋骨都被山妖夾斷了，山妖的力氣真大。」

「你衝他開槍了？擊中了他？」博士又問。

「打中了他的肩膀，我的同事也開了槍，不過我們怕傷到被挾持的同事，不敢猛烈掃射。」洛里爾警官不無遺憾地説，「否則他跑不了的。」

「你和其他警員都沒事吧？」博士關切地問。

「沒事，我們都還好。」

正説着，從東面一下飛來三架警用直升機，直升機呼嘯着飛過大家的頭頂，向西面飛去。

「是意大利警方的直升機。」卡第拉諾看到了直升機機身的標誌，「也是趕來增援的。」

博士望着遠去的直升機，然後看了看四周。

「維拉尼先生，你和本傑明帶着幽靈雷達去東面那個山丘上搜索一下；卡第拉諾先生，你和海倫去西面搜一下，要留意山妖可能留下的痕跡。」南森博士開始安排現場的調查，「洛里爾警官，你帶我們去山妖中槍的地方。」

在洛里爾的帶領下，南森博士和拉科特警官一起來到了幾十米外山妖中槍的地方，只見地面上有一些暗紅的血跡，在白色的雪地上很顯眼。

「別處還有血跡嗎？」博士問。

「沒有發現。」洛里爾搖搖頭，「我們也想順着血跡找呢，可就只發現這一處有血跡。」

「魔怪有快速止血的法力。」博士說着蹲了下來，「保羅，測一下這裏的血跡。」

保羅得意地看了看莎拉，他的背部打開，一個圓圓的托盤伸了出來，博士找了張紙片，從雪地上鏟了一些血塊，放進了托盤。

「等我三分鐘。」保羅看了看大家，隨後，那個托盤縮了回去，保羅的後背也封閉上了。博士看了一下發現血跡的周圍地帶，沒發現什麼線索。

「洛里爾是我們的神槍手。」拉科特警官望着地面上的血跡，感慨地對南森說，「要不是他擊中了山妖，後果真是不敢想像……我一直以為山妖當年雖未被抓住，但已經被驅逐了，沒想到他又回來了。」

「這傢伙居然還敢襲擊巡邏隊了！」博士推了推眼鏡。

「拉科特警官，」洛里爾對拉科特警官說，「我覺得今後巡邏隊要增加人數，直升機的數量也要增加……」

「我回去就安排，放心吧。」拉科特警官點了點頭，「不僅如此，我還會在各個進山路口設置檢查站，禁止遊客進山。」

「是該這樣了。」洛里爾說，「有些遊客就是不聽勸阻，這個區域應該馬上封鎖起來。」

「那些居民怎麼辦？」南森博士聽到他們的對話，指了指四周，「山中有一些村鎮。」

「居民們比較配合，現在他們只能盡量減少進山次數了。」拉科特警官説。

正説着，保羅的後背再次打開，這次他的後背升起一台電腦熒幕，上面顯示着一些分析資料。

「我來報告一下吧。」保羅晃了晃尾巴，拉科特和洛里爾都驚奇地看着這隻機械狗，「根據血樣分析，山妖就是人熊怪，資料也顯示，山妖具備相當的魔力。」

南森博士俯下身，看了看那些資料，點了點頭，然後摸了摸保羅的頭。

「老伙計，保留這些資料。」博士對保羅説道。

保羅晃晃腦袋，收起了電腦熒幕。

正在這時，本傑明他們走了過來。

「博士，沒有任何魔怪跡象。」本傑明手裏拿着幽靈雷達，説道。

「我也沒找到什麼有價值的痕跡。」海倫跟着説。

「知道了。」博士點點頭，他看了看本傑明等人，「根據血樣的分析，山妖就是人熊怪獸，這傢伙具有些魔力。」

「他怎麼會有魔力的呢？」本傑明緊皺着眉，百思不得其解。

山間，一股冷風吹來，白色的世界中，顯得非常平靜。遠處的羣山之中，仍有直升機飛行的聲音，警方仍在搜索着。

「拉科特警官。」海倫指了指北面的一座被白雪覆蓋的高山，「那就是勃朗峯吧？」

「對，那就是勃朗峯，距我們這裏的直線距離將近20公里。」

雄偉的勃朗峯俯視着羣山，也俯視着這羣搜索山妖的人，也許只有孤獨的勃朗峯才知道殘暴的山妖藏身在何處。

對出事地點檢查完畢之後，南森他們離開了河谷地帶，走向停車的地方。一架中型直升機趕來，接走了那些巡邏隊員，拉科特也上了另一架直升機，回去部置任務了。

第四章　博士的計劃

大家上了車，維拉尼駕車往回開去，此時已臨近下午四點了。

「要是山妖竄出來襲擊我們就好了！」車開了一會，本傑明望着路邊的松樹，憤憤地說。

「哪有那麼好的事？」海倫噘着嘴說，剛才的搜索一無所獲，她的情緒有些低落，「你整天想好事。」

「哼，老是想壞事，很累的！」本傑明不滿地回應了一句。

兩人又要爆發小衝突，就在這時，汽車突然停了下來。

「怎麼了？」本傑明一下緊張起來，「山妖？」

「不是。」維拉尼回頭笑了笑，他指了指前面。

前面的公路上，一羣羚羊正在橫穿公路，這些羚羊根本就不在意幾十米外停着的汽車，漫不經心地越過公路，鑽進了路邊的山林。

「阿爾卑斯山岩羚羊。」卡第拉諾介紹說，「這裏的標誌性動物。」

本傑明和海倫把頭都探出了車窗，看着那羣岩羚羊，這羣岩羚羊一共有二十多隻。海倫看着那些岩羚羊，抬頭又看見了天空中翱翔的山鷹。「博士，你看。」海倫指着山鷹說。

「這裏的生態環境很好呀。」博士把頭探出了車窗，說道。

「是的。」維拉尼說，等到最後一隻岩羚羊越過了公路後，他再次發動了汽車。

「山妖的食物是岩羚羊吧？」博士看了一眼最後那隻消失在林中的岩羚羊，想到了什麼，「我看你們的報告上說，搜索山妖時發現了多隻被山妖獵食的岩羚羊和大角山羊。」

「是的。據我們的調查，山妖襲擊人的目的是吸血，並不吃人，他的主要食物是岩羚羊和大角山羊。」維拉尼邊開車邊說，「在山妖活動的區域，我們發現了很多岩羚羊和大角山羊的屍體，從傷口和肌肉撕裂力度看，都不是山間猛獸所為。也有居民報告，說目睹了山妖撲食岩羚羊。」

「山妖食量很大，他可吃了不少岩羚羊和大角山羊。」卡第拉諾跟着說，「阿爾卑斯山這裏山妖捕捉岩羚羊、大角山羊的目擊報告多年來一直就有，最早能追溯到上千年前，最近我們得到了兩宗目擊報告，一宗發生在穆捷，一宗發生在穆捷鎮東面不遠的蒂涅鎮。」

南森博士微微點了點頭，隨後開始了沉思。

回到住所，大家都很累了。博士顧不上休息，他坐在桌前，仔細地翻閱那些資料。目擊報告、襲擊報告、搜尋報告都已經被維拉尼和卡第拉諾分了類，數量很多，不過整理得很有條理，博士一絲不苟地開始了研究。

本傑明和海倫也坐在博士身旁，看着那些報告，努力地尋找有價值的東西。

卡第拉諾和維拉尼也沒有休息，他倆一邊思考一邊守在電話旁，電話會隨時響起，也許又有一宗襲擊事件發生，不過還好，一直等到天全都黑了，也沒有這種電話打來。警方來過一個通知，說這一區域已經被封鎖，不管那些遊客和登山者聽不聽勸告，一律不得進山，已經進山的也被要求留在旅館或乘坐警方的直升機離開。

天黑前，時不時有直升機的聲音傳出，有的遠，有的近。顯然，警方加大了巡邏力度。

最空閒的就是保羅和莎拉了，他們在門口的空地上跑來跑去，還玩起了捉迷藏，不過他倆也不敢走遠，時刻等待着召喚。

天黑之後，緊張的空氣會緩和很多，因為遊客和登山者不會在夜間外出活動，而且山妖自己也要休息，夜間山妖襲擊人類的事件倒是沒有發生過。

山裏起風了，那呼呼颳過的冷風讓保羅和莎拉感到有些不自在。他倆回到了房間，剛才博士曾把保羅叫了進去，用他身上的電腦系統查了一些資料，還列印了一些出來。

房間裏，博士他們還在研究那些資料。維拉尼和卡第拉諾輕鬆了一些，他倆都在上網找尋相關信息。

「這篇報道説警方無能，哇，還説請來的魔法師也無能。」維拉尼看着一篇報道，很不高興地説，「卡第拉諾，是説我們兩個呢，報道登了我們的名字。」

「這些記者，真是無孔不入。」卡第拉諾眼睛盯着電腦熒幕，「看看，連我們邀請職業魔法偵探也報道了，不過他們沒有提到南森先生的名字……」

「提到我了嗎？」保羅站在維拉尼腳下，興奮地問。

「你很想上新聞嗎？」維拉尼看了看保羅。

「這個……有什麼不好嗎？」保羅晃了晃腦袋。

「他想變得像泰迪熊或是唐老鴨那樣，家喻戶曉。」本傑明聽到了他們的對話，插話道。

「噓——」海倫對本傑明做了一個噤聲的動作，隨後指了指南森，「博士在看資料呢。」

本傑明吐了吐舌頭，不再說話了。博士一直在看資料，並沒有在意大家的談話，此時他已經有了初步的計劃。

又過了十幾分鐘，兩名警員送來了晚飯，聽説吃飯，本傑明連忙站起來去洗手，他已經很餓了，也有些疲倦，難怪，他們飛過來後沒多長時間就去了出事現場，沒怎麼休息。

「我們先吃飯，吃完飯我把計劃和大家説一下。」南森博士收起那些資料，站了起來。

「你想好怎麼對付山妖了嗎？」維拉尼興奮地問。

「不要着急。」南森微微笑笑，「吃完飯，我會和大家説的。」

這頓晚餐很豐盛，大家吃得都很開心，不過大家最想知道的還是博士有了什麼計劃，因此吃得都比較快。

吃過晚飯，大家都圍在桌子周圍，博士坐在中間。

「資料我大致看了看。」在大家期待的目光中，博士開了口，「這些資料收集得很詳細，通過這些資料，還有今天發生的襲擊事件，我們完全可以判定，一個人熊怪獸就在我們所處的區域活動，而且他的目的比較明確——襲擊人類就是要吸取人類的鮮血。」

大家都認真地聽着博士的話，房間裏顯得很安靜。

「根據報告顯示，十六年前人熊怪——就是我們現在說的山妖，也是在這個區域攻擊過遊客，但是未造成嚴重傷害，更沒有死亡事件。而這次不但有死亡事件，而且死者還被吸血，因此我認為，山妖吸血的目的，只有一個，就是增長其魔力！」

「增長魔力？」本傑明驚異地問道。

「對，很多魔怪靠吸取人的鮮血來增長自己的魔力，這不是什麼新聞。」博士解釋道，「而且從維拉尼先生寫的抓捕報告看，山妖這次出現後極難抓捕，兩個魔法師在大山裏找來找去，只找到一些被山妖吃了的動物屍體，而山妖的腳印、氣味、巢穴等都沒發現。」

「是的。」維拉尼說，「在這種雪山中，山妖活動肯定會留下腳印，而且山妖的腳印也是很容易就分辨出來的，但是我們卻沒有找到任何腳印。這和十六年前的狀況完全不一樣，當時我們很快就找到了山妖的腳印，最後發現了山妖。」

「對不起，打斷一下。」保羅插話道，「那為什麼沒有抓到他呢？跟着他的腳印就可以了。」

「因為當時山妖從高處往低處跑，他逃跑的那條路雪已經融化了，否則就是變成石頭我們也能發現他。」莎拉搶着說，「我雖然沒去，但主人多次和我說起過這件事。」

「這次山妖襲擊人類的地方大都有白雪覆蓋，但都沒有發現腳印。」維拉尼補充了一句。

「這很說明問題。」博士繼續說道，「山妖較十幾年前魔力有了很大的增長，他也許用了輕身術這樣高超的魔法，踏雪不留腳印，而這種魔力的增長極可能是靠吸食人類鮮血獲得的，我判斷這十幾年他可能去了別的地方，並在那裏作案，吸食了人類的鮮血，因此獲得了魔力的增長！」

「去了別的地方？」卡第拉諾不解地眨了眨眼睛。

「對。我從保羅的資料庫中調取了一些紀錄，」博士說着指着一張桌子上的阿爾卑斯山脈的地圖，那是他剛才用保羅身上的電腦列印下來的，他指着一處地方，大家都圍了上去，「大家看這裏，德國的施瓦本山。我們這裏是阿爾卑斯山脈的西段，施瓦本山在阿爾卑斯山脈東段的北面，與阿爾卑斯山相鄰，這山海拔不高，但是林木茂盛，便於山妖藏身……」

「你是說十六年前山妖跑到了這裏？」卡第拉諾看着那張地圖，然後抬頭問博士。

「嗯。」博士點點頭，「我查過了，山妖是1994年8月從我們這邊逃走的，而從1995年5月至今，施瓦本山

發生過三宗人類遇襲事件，受害者也被吸了血，作案手法和我們這裏的極為類似。德國的魔法師聯合會曾派出魔法師在施瓦本山搜索過，但沒有結果。我懷疑山妖當年逃跑後，沿着阿爾卑斯山逃到施瓦本山，在那裏襲擊了人類，現在他又回來了！」

大家都仔細地看着地圖。阿爾卑斯山脈從他們所在的法、意邊境一直向東延伸，進入德國、奧地利境內，山妖確實能沿着山脈的走向流竄到施瓦本山。

「有道理。」維拉尼邊看地圖邊點頭，他和卡第拉諾對視一下，卡第拉諾也點了點頭。

「山妖逃到施瓦本山，並不是最重要的。」博士推了推眼鏡，「關鍵是他在那裏襲擊過人類，吸過血，增長了魔力。現在他又來了，變得比以前更難對付了，而且大家也看到了，他更加瘋狂地作案，這也説明一個問題，就是吸過人血的魔怪對人血會越來越依賴，這十幾年他在施瓦本山作案三次，回來後短短的時間裏卻作案五次，今天更是襲擊了巡邏隊！」

「你能確定他沒有去過其他地方嗎？」卡第拉諾問道，「也許他還在別的地方作案了呢？」

「他去其他地方，尤其是平原地帶的可能性極小。」博士解釋説，「山妖的習性就是在山間活動，他應該就在阿爾卑斯山脈及周邊山系活動，我沒有發現其他地方有山妖出沒的報告，所以判定他是逃到了施瓦本山，最近才回來。」

「他怎麼又回來了呢？」維拉尼像是自言自語，「難道那邊有魔法師在追他，可是沒聽説呀。」

「這還很難解釋。」博士抬起頭，望了望窗外。

窗外一片漆黑，只有風搖動樹的影子在玻璃上晃動着。

「如果遇到山妖，要特別小心，這傢伙增長了不少魔

山妖活動路線的變化：1994年，在法國一側的穆捷襲擊遊客（沒有造成死亡事件）→1995年至今，在德國施瓦本山發生三宗人類遇襲事件，受害者被吸血→近期，法國穆捷短時間內連續發生多宗襲擊人類事件。
為什麼山妖又回來了呢？

力……」博士看看大家，繼續説。

「你説遇到山妖？」本傑明有些興奮，「你……想到辦法了？」

「哈哈，本傑明，還真是聰明，知道我想説什麼了。」博士笑着説，他環視了一下大家，「我確實有了一個計劃，其實也很簡單，警方不是已經封路了嗎？山裏就不會再有遊客和登山者了，那麼，我們來當登山者！」

「把他引出來，抓住他？」海倫連忙説。

「對！」博士朝海倫點點頭，隨後看看大家，「你們看，來這裏的遊客一類是看風景的，一類就是登山者，我發現這裏的襲擊案受害者大都是登山者，而且全是三、五人一組的小型登山隊，大型的登山隊一支也沒有遇襲。登山者比遊客去的地方更高，都是人跡罕至的地方，山妖便於下手。這些天經過警方勸阻，進山的遊客和登山者少了很多，所以山妖把巡邏隊作為了襲擊目標，如果完全封山，那麼我們作為登山者出現，在山間走來走去，就會成為山妖眼中的最佳目標，因為他已經中過一槍，應該知道巡邏隊不是那麼好惹的！」

博士的話音剛落，房間裏頓時熱鬧起來，大家都很興奮，覺得這個辦法很好。

「維拉尼先生，」博士又説道，「我知道你和卡第拉諾來了以後，也一起上山搜尋過，不過那時到處都是遊客和登山者，山妖也許沒有留意到你們，關鍵是這裏太大了，不會輕易遇上山妖。」

「是的，你說得很對。」維拉尼點着頭說。

「我剛才說了，這山很大，我們就是扮成登山者，也不一定會馬上引起山妖的注意。」南森說着，手指在地圖上山妖出沒區域比劃了一下，「不過只要有耐心，我們這唯一的登山隊肯定會把山妖引出來的！」

「當然，他也在找我們呢，不過他不知道我們是冒牌登山隊。」本傑明接過話說道。

房間裏的人全都笑了起來。

「今晚我們要好好休息一下，明天就出發。」博士揮了揮手，「維拉尼先生，卡第拉諾先生，我確定了一個行走路線，山妖極有可能在那裏出現，你們來看看是否合適？」

說完，南森博士又翻找出一張地圖，上面畫了幾個圓圈。博士的手指了指其中的一個大圓圈。

「發現山妖的區域大概有6000多平方公里，根據最近一段時間的襲擊事件和目擊報告看，山妖的活動範圍在勃朗峯以南的法國一側，基本上可以以海拔3779米的普里山為中心。你們看，下午山妖出現的塞埃就在這個範圍內，穆捷也在這個區域的西部，這樣我們的搜索範圍就縮小到1000平方公里左右，我們可以偽裝成攀登普里山的登山者，在普里山附近區域的山間小路行進，引山妖上鈎！山妖要襲擊人類，應該是在這些山間小路附近遊蕩，尋找機會的。」

「對呀。」卡第拉諾很興奮，「大多襲擊案件都發生在山間小路上，看來山妖就是守在那裏等候人類出現的。」

「我們當時怎麼就沒想到這點呢？」維拉尼看看卡第拉諾，自嘲地笑笑，他又看看博士，「南森先生，你真不虧是大偵探，一下就找到問題的要害了。」

博士謙虛地擺了擺手。

「明天我們可以去塞埃，那裏有一條山路通向普里山。」維拉尼建議道，「襲擊事件大都發生在汽車無法行駛的山路上，那我們就在普里山周圍的山間小路上引他出來。」

「好。」南森博士揮揮手，「維拉尼先生，還要通知警方，我們行走的區域就不要安排警方巡邏了，而在其他地方巡邏的警員，不但要加大巡邏密度，巡邏的時候還要時不時地向天空開上一槍。這樣就有可能把山妖驅趕到我們搜索的區域。」

「好主意。」維拉尼用佩服的目光看了看南森，「博士，你安排得真仔細。」

「我怎麼想不到這種辦法？」卡第拉諾摸了摸自己的鬍子，也用敬佩的目光看看博士，「幸好你來了。」

南森博士被他倆再次誇獎，微微笑了笑。

「我們還要背上那種登山者背的大登山包。」本傑明在一邊說，「這樣看上去更像登山者。」

「這個我來安排，我一會就去找拉科特警官。」維拉尼說。

「1000平方公里的區域，其實也不小的。」南森博士又指了指地圖，「大家要做好準備，山妖不會被馬上吸引過來，這個過程可能會很辛苦，還要做好在山間過夜的準備。」

「我們不怕辛苦的。」本傑明馬上說道，「這其實跟旅遊也差不多。」

「就是，這裏的山色真的很美呀。」海倫也跟着說。

「好，你們難得有一致的意見。」南森博士看了看兩個小助手，還故意擠了擠眼睛。

大家都笑了起來，保羅和莎拉也笑了。

第五章　山間的「登山者」

博士他們又研究了一下明天的行進路線和細節，然後結束了會議。隨後，維拉尼和博士一起去了設在鎮上的警方指揮中心，把計劃告訴了拉科特警官，拉科特警官表示全力支持博士的計劃，登山包明天一早就會送來。

在阿爾卑斯山的山間住所，博士和小助手們好好地睡了一個晚上。第二天一早，警方就送來了「道具」——三個大型登山包、兩個小登山包。

大家吃完早餐，全都圍在那些道具前，除了登山包，警方還送來了兩個摺疊帳篷，如果天黑後趕不到村鎮，他們也可以在山間宿營。一起送來的還有很多吃的和喝的。

「拉科特警官早上來過電話了。」維拉尼背起一個大型的登山包，對博士說，「整個事發區域都會設關卡阻攔遊客，我們搜索的區域警方不會派出巡邏隊，但會適當安排直升機巡查，目的是接走還在山中遊蕩的登山者。」

「很好。」南森滿意地點了點頭。

「大家看，我像不像要去攀登普里山呀？」本傑明戴着一頂橙色的登山帽，背了個登山包，很神氣。

「像個登山者。」博士拍了拍本傑明的肩膀，又有些不放心地說道，「維拉尼先生，我們的登山隊伍中有兩個孩子，這不會引起山妖的懷疑吧？他可是有思維能力的。」

「不會的。」維拉尼說道，「事實上這裏常有一些少年登山者，攀登低一些的山峯，而且也有幾個少年登山者挑戰過勃朗峯呢。我想保羅和莎拉應該躲到背包裏，帶着寵物登山的可真沒聽說過。」

「無所謂啦，我在哪裏都可以。」保羅滿不在乎地說，「我躲在博士的背包裏，發現山妖，『嗖』的一聲，追妖導彈從背包裏飛去，直接命中山妖的屁股！」

在哄笑聲中，大家拿好那些「道具」上了車。維拉尼開車駛向塞埃，他們要從那裏向普里山行進。給博士他們配備的直升機已經到位，不過去塞埃很近，他們沒有乘直升機。

汽車很快就開進了塞埃鎮，這是一個不大的山間小鎮，鎮上的人都接到了通知，沒有外出上山的，就連街道上的行人都很少。

維拉尼把車停在了小鎮上，大家都下了車，這裏海拔將近三千米，一般在平原生活的人來到這個海拔高度，大多數人會有一定的高原反應，不過博士他們沒有感到什麼不適。

颳了大半夜的山風已經停了，空氣非常清新，太陽也高高地升起，俯視着大地。

「那邊那座山就是普里山。」維拉尼指了指遠處的一座高山。

普里山白雪皚皚，似乎正抬着頭，仰望着比它更高的勃朗峯，沒有理會就要向它行進的博士一行人。

大家背起登山包，出了小鎮。一條無法行車的小路一直向前、向上延伸，這條路直達普里山，小路起點的雪基本上都化了，枯草叢中一些綠色的小草已經探出了身子。

保羅跳進了博士的背包，莎拉跳進了維拉尼的背包，他們上了路。保羅已經打開了魔怪預警系統，海倫和本傑明背包裏的幽靈雷達也已經開啟，探針露在外面，一旦探測到魔怪，雷達會發出強烈的震動——海倫和本傑明已經把警報設置成了震動模式。

大家排成了一條線，沿着小路進發。天上，有一隻山鷹盤旋着，幽靜的山間要是沒有山妖的存在，的確讓人心曠神怡。

「嗨，保羅，你說山妖會出來嗎？」維拉尼和博士走在前面，莎拉在維拉尼的背包裏探出頭，問道。

「今天遇到山妖的概率在50%以下。」保羅說，「這

是我最新統計的結果。」

「噢，這個概率可不高。」海倫聽到這話，説道。

「快走吧，不要灰心。」本傑明在海倫背後推了她一下，「放心，他在路邊等着我們呢。」

大家沿着山路行進着，大概走了幾百米，路上的雪多了起來。隨着季節的變化，雪線也會有變動，阿爾卑斯山的終年雪線在3200米左右，現在是初夏，3000米左右地方的雪基本化了，但再高一些的地勢上的雪還沒有化。

「博士，你看。」海倫在路邊發現了什麼，連忙叫道。

「應該是狐狸的腳印。」博士看了看，説道。

海倫和本傑明都有些興奮，他們幾乎把這次任務當做了旅行，這可是他倆第一次攀登這樣的雪山，與他們在英國和父母走那些矮矮的山丘是無法比擬的。

這一路美景不斷，他們登上一個小山丘後，還在山丘下發現了一羣野生大角山羊，大角山羊距離他們也就一百米的距離，也許是經常看到登山者的緣故，這些山羊根本不躲避，全都站在原地。海倫和本傑明向山羊羣拚命揮手，不過山羊們對這些「登山者」的態度相當冷漠。

山妖沒有出現，一架直升機從頭頂飛過，駕駛員知道這五個頭戴橙色帽子的登山者是警方安排進山的，沒有打攪他們，飛遠了。

走了三、四公里的路後，先是本傑明，然後是海倫，都感到有些吃力了，博士便叫大家原地休息。

本傑明和海倫都坐在地上，本傑明掏出了隨身帶着的朱古力，分給大家吃，博士拿起一個望遠鏡，走到路邊，向四周環視。

望遠鏡的鏡頭裏，除了雪地和雪山，沒有其他東西，博士用望遠鏡鎖定了不遠處的普里山，山上的白雪很是刺眼。

「一會大家都戴上太陽鏡，防止雪盲。」博士對大家説道，他們現在所在的地方，已經很少看見裸露的地面了，再向上，便是完全被雪覆蓋的世界。

休息了一會，大家再次上路，又走了近一個小時，他們來到了普里山下。這裏是一片白色的世界，本傑明找了一塊石頭，坐在上面。

「累了吧？」南森博士關切地問。

「有一點。」

「現在是中午，我們在這裏吃飯，休息一下。」博士對大家説道。

這一路上，沒有任何山妖出沒的痕跡，幽靈雷達也沒有半點反應。維拉尼和警方用衞星電話聯繫過兩次——這裏的高山區很多地方沒有手機信號。目前其他區域沒有發生山妖襲擊事件。

第六章　路遇皮埃爾

大家圍在一起，開始吃飯，保羅和莎拉鑽出背包，在地面上活動着四肢。

本傑明吃好飯，打開保溫杯，喝了一口熱水，感到舒服多了，忽然，他看到不遠處的石頭後有個什麼東西動了一下。

「是誰？！」本傑明一下就跳了起來。

大家全都站了起來，看着那塊大石頭。海倫從背包裏飛快地掏出幽靈雷達，對準了那塊石頭，保羅怒視着那裏，做好了發射導彈的準備。

博士看了看海倫，海倫搖搖頭，因為幽靈雷達沒有半點反應。

「誰在那？出來！」卡第拉諾大喊了一聲，他做好了出招的準備，而維拉尼已經悄悄從大石頭的側面繞了過去。

「是我──」大石頭後面探出了一個腦袋，那不是山妖，而是一個男人。

大家全都鬆了口氣，石頭後的男人也走了出來，他大概二十多歲，背着一個很大的登山包。

「鬼鬼祟祟的，你在那裏幹什麼？」維拉尼問。

「誰鬼鬼祟祟的了？」那個男子很不滿意地說，「我剛下山，聽到有說話聲，看了一眼，你們就全都跳起來了，嚇了我一跳。」

「請問，你怎麼會在這裏的？」南森用溫和的語氣問道。

「登山呀，難道來這裏游泳呀？」那人語氣充滿了不敬，「你們不也是來登山的嗎？」

說完，那人要走，博士上去攔住了他。

「你幹什麼去？」

「嗨，老頭！幹嘛攔着我？」那人生氣了，衝着博士就撞了過去，不過他一下就彈了回來，他驚異地看着博士。

「你不能單獨行動，這個區域很危險，有個山妖在這邊活動，這你應該知道。」博士耐心地解釋道。

「知道，我知道，不過我可不怕什麼山妖。」那人滿不在乎地說，「我要走了，老頭，不要攔着我，不要以為人多我就怕你們了！」

「嗨，什麼老頭老頭的？一點教養都沒有。」海倫在一邊高聲説道。

「你們有教養，攔着我幹什麼？我又不認識你們。」那人衝海倫吼道。

「是這樣的。」卡第拉諾走過來，勸道，「這裏確實有山妖害人，警方都已經封鎖了進山的路了，我們是魔法師，負責抓捕那個山妖的……」

「魔法師？」那人看了看卡第拉諾，突然，他狂笑起來，「什麼魔法師？我看你是馬戲團的魔術師吧？看看你那鬍子，哪個馬戲團的？」

「你？！」卡第拉諾氣得鬍子都翹了起來，他強忍着沒有發作。

「這位先生，我們是為你的安全負責，警方的直升機要是發現你，也會把你帶走的。」維拉尼走過來，嚴肅地説，「這個區域是危險區，我們魔法師負責在這裏抓捕山妖，如果你不信，可以給警方打電話進行核實！」

説完，維拉尼把衞星電話遞給了那個人。

「哼，我才不相信什麼魔法師呢。」那人沒有去拿電話，他把頭一扭，不再笑了，但是一臉的不耐煩，「你們全都是騙子，裝神弄鬼的，明明是魔術師，偏要裝成魔法師……」

「我受不了啦！」卡第拉諾叫了起來，他臉漲得通紅，手對着那人的腳指了指，唸了句口訣，「腳地相連！」

那人疑惑地看了看卡第拉諾，然後看了看自己的腳，想抬起腳，但是怎麼也抬不起來了，他的雙腳像是被異常牢固的膠水黏在了地上，一動不動的。那人急得大叫起來，本傑明和海倫全都笑了。

「走呀，你不是要走嗎？你走呀！」卡第拉諾用嘲弄的口氣説。

「你……」那人彎下腰，用手在腳那裏摸着，「你弄了什麼東西？你的魔術倒是有一套呀，你們馬戲團生意一定不錯，快給我弄開，小心我報警，我起訴你……」

大家都看着那人，保羅和莎拉還晃着尾巴圍着他轉，保羅突然露出了尖牙，像是要咬那人一樣，那人嚇壞了，要是保羅咬他，他逃都沒法逃。

「快給我弄開……嗨……你們……」那人看着大家，上身亂晃，但是腳卻像在地上生了根，一動也不能動，他真的着急了，但毫無辦法，他又拔了拔腳，「啊，我説，你們是魔法師，我相信還不行嗎？給我弄開，我不走了，不走了……」

「這可是你説的。」卡第拉諾説，他手一指那人的腳，「一切如常。」

那人的腳一下就抬了起來，他差點摔倒，維拉尼連忙扶住了他。

「你們這些人，幹嘛跟我過不去呀？我又沒有惹你們。」那人還是在不停地抱怨，他還檢查着自己的腳，想找到無法移動的原因。

「你叫什麼名字？從哪裏來的？」南森博士走過去問。

「皮埃爾。」那人仰着脖子，一臉的不滿意，「我從巴黎來的。」

「你一個人來登山嗎？」博士又問。

「不是。」皮埃爾搖搖頭，「三個人一起來的，不過那兩個膽小鬼看到電視上說有山妖，躲在旅館裏不肯出來，我就一個人來登山了，這山是我一個人爬上去的。」

說着，皮埃爾得意地指了指普里山的山峯。

「你什麼時候爬上去的？」

「昨天，爬了大半天的時間，這座山不難爬，比勃朗峯矮多了，而且也不陡。」

「勃朗峯你也爬過了？」

「前幾年就爬過了。」皮埃爾依舊十分得意，「今年來就是來爬這裏那些低一點的山，我還要去爬大卡斯山，就在普里山南邊，比普里山還要低幾百米……」

「你晚上是在山裏過夜的？」博士打斷了皮埃爾的

話，問道。

「對，就在離這兒不遠的地方。」皮埃爾指了指普里山，「昨天下山後已經天黑了，我就在山腳宿營了，我剛要離開這裏，就碰到你們。」

「你就一個人，真是太危險了。」博士搖了搖頭，「你的登山計劃還是等到山妖被抓住再説吧，現在你跟我們走，前面有個鎮子，你去那裏住下……」

「嗨，難道要把我關起來嗎？」皮埃爾着急了，「聽着，我可不怕什麼山妖，哪裏有什麼山妖？小報記者都是亂寫的，自己嚇唬自己，也許就是一隻猴子，又碰巧有幾個倒霉蛋從山上掉下來，你知道這沒什麼稀奇的……」

「你跟我們走，送你到安全的地方。」維拉尼走過來，他不想再和皮埃爾囉嗦了，「到了鎮上，鎮長會安排你的住宿，如果你要離開，去鎮長那裏登記一下，警方會派直升機接你離開的。」

「噢，那……好吧。」皮埃爾看了看維拉尼，無奈地搖了搖頭。

「大家吃飽了吧？」博士看看大家，「收拾東西，我們走……」

「嗨，老頭……啊，不，老先生。」皮埃爾靠近博士，問道，「你們這是把我帶到哪裏去呀？」

「前面的蒂涅鎮。」博士說着看了看地圖，確認了一下，「很近的，馬上就到。」

大家再次上路，他們今天的行進路線要經過蒂涅鎮，正好把皮埃爾帶到那裏。

維拉尼和本傑明走在最前面，博士從海倫那裏拿了幽靈雷達，走在最後面，皮埃爾被夾在中間，他不知道，大家這不僅僅是防止他溜掉，也是在保護他。

皮埃爾垂頭喪氣地走在中間，他可不想去什麼蒂涅鎮，可也沒什麼辦法，他怕卡第拉諾再讓他的雙腿像灌了鉛一樣，那滋味可不好受。

皮埃爾無可奈何地跟着大家，他前面是海倫，身後是卡第拉諾，他突然想起了什麼，回頭看了看卡第拉諾。

「嗨，老兄，剛才那一招，就是讓我的腳不能動的那一招，教給我怎麼樣？」皮埃爾狡猾地笑了笑，「你用了什麼道具，還真是隱蔽呢……」

卡第拉諾瞪着他，沒有說話，他很討厭這個皮埃爾。

「嗨，我說，看你那樣子，我知道你帥。」皮埃爾走到卡第拉諾身邊，嬉笑着，「我知道，這是你們魔術師看家的本事，我給你錢，我有的是錢，說吧，你要多少，說呀，不要裝了……」

「先生，你不但侮辱了我，也侮辱了你自己！」卡第拉諾衝他揮了揮拳頭。

皮埃爾嚇壞了，連忙向前跑了幾步。海倫回過頭來，蔑視地看了皮埃爾一眼，保羅這次被海倫背着，他也從背包裏探出頭，皮埃爾看着海倫和保羅，故作鎮靜。

「嗨，小姑娘，這麼小就爬山呀？你也是馬戲團的嗎？哈，還帶着小狗呢，小狗，給我翻個跟頭，馬戲團的小狗都會幹這個……」

「閉上你的臭嘴！」保羅生氣地罵了一句。

「啊？」皮埃爾大吃一驚，他沒想到保羅會說話，不過他還是覺得自己遇到了一個神奇的馬戲團。

皮埃爾不再囉嗦了，他一邊走一邊看保羅，保羅露出了牙齒，瞪了瞪他，皮埃爾連忙低下頭，保羅也把頭縮進了背包裏。一路上平安無事，路也比較平坦，大家很快到了蒂涅鎮，南森博士他們在鎮子中央停下。

「你把他帶去找鎮長，給他安排個住的地方。」博士拍拍皮埃爾的肩膀，對維拉尼說。

「好的。」維拉尼點點頭，他看了看皮埃爾，「走吧。」

「記着，不要亂跑，山妖還沒有抓住呢。」博士對皮埃爾叮囑了一句。

「知道了。」皮埃爾滿不在乎地答應了一聲。

維拉尼帶着皮埃爾走了。這個小鎮他和卡第拉諾來過一次，那是前些日子，鎮上有人看見了山妖，他和卡第拉諾在這邊搜尋，但是一無所獲。

博士他們在路邊喝着水，等着維拉尼，過了一會，維拉尼來了。

「安排好了？」博士看到維拉尼，老遠就問。

「好了。」維拉尼説，「鎮長給他找了個住處，這個鎮子還住着幾個遊客，都是害怕山妖，暫時不走了，警方會派直升機分批接走願意離開的人。」

「那好。」博士説着看了看手錶，「現在是下午三點，我們還要出發，今晚我們住在瓦勒迪澤爾鎮。」

第七章　皮埃爾遇害

大家再次出發，向蒂涅鎮東面的瓦勒迪澤爾鎮進發，瓦勒迪澤爾鎮那邊最近也有過山妖出現的目擊報告，維拉尼和卡第拉諾也去過一次。

瓦勒迪澤爾鎮離蒂涅鎮很近，但路的高低起伏很大，高處的山丘有積雪，低處則比較泥濘，走起來很吃力。

大家艱難地走着。陽光普照，小路邊松樹的影子覆蓋在地面上，讓人感到些許的壓抑。

這次還是維拉尼帶路，博士在隊伍的中間，卡第拉諾在隊尾。維拉尼一邊走，一邊觀察着四周的情況，山妖隨時會竄出來，襲擊這些「登山者」，不過這正是大家所期盼的。

突然，走在最前面的維拉尼一下站住了，他舉起了一隻手，示意大家停止前進。

氣氛一下就緊張起來，維拉尼轉過身，看看博士，隨後指了指右前方。

「博士，你看那裏，好像有個什麼東西。」

南森博士舉起了掛在胸前的望遠鏡，鏡頭裏有一個黑乎乎的東西，趴在遠處山坡的一棵樹下。

「好像是隻熊。」博士說道，「我們過去看看，大家要小心。」

大家聽到博士的話，下了小路，謹慎地向那個東西靠近，博士拿着幽靈雷達對四周探測了一下，沒有什麼異常反應。

很快，大家就靠近了那個東西，那就是一隻熊，不過那熊一動不動的，應該已經死了。

博士和卡第拉諾先靠近了那隻熊，那是一隻死去的黑熊，黑熊的身體已經僵硬了，博士發現那熊的身上有幾處明顯的傷口，脖子上還有已經凝結的血塊。

本傑明他們也圍了過來，看見是一隻死熊，他們緊繃的神經放鬆了一些。

「看這裏。」博士指着死熊身上一處傷口，那傷口像是被誰用鋒利的刀割開一樣，又深又長，而且還是好幾條，仔細看，那傷口更像是被什麼動物的利爪劃開的，類似的傷口有好幾處，「會是什麼猛獸幹的嗎？」

「不像。」維拉尼搖了搖頭，「山裏的猛獸也就是狼、山貓，還有就是熊。狼和山貓不敢和熊搏鬥，如果是兩隻熊打架，也不大可能，因為這傷口比熊爪攻擊要厲害得多。」

「看看。」卡第拉諾擺弄着那熊的頭，「脖子都斷了，對手的力氣太大了，應該不是熊之與熊間的打鬥，山裏的食物非常充足，熊互相殘殺的可能性不大。」

「從傷口看也不是熊幹的，這傷口痕跡和我們發現的那些被山妖吃掉的羚羊身上的差不多。」維拉尼想了想，說道，「應該是山妖幹的，而且這熊才死不久，估計也就一天時間。」

「啊？山妖幹的？」本傑明驚叫一聲，「那為什麼山妖不吃了牠？」

「沒有這個習性。」保羅在一旁說道，「《地球怪獸大典》說山妖只吃山間的弱小動物，這點和那些猛獸沒有區別。博士要不要我對牠的傷口做一個檢測？」

「嗯，好的。」博士點點頭，他指了指死熊，「如果確是山妖幹的，那麼說明我們的判斷沒有錯，山妖就在這個區域活動。在保羅檢測結果出來之前，我們先在四周找找，也許會找到什麼山妖留下的痕跡。」

大家在死熊的周圍找了找，沒有發現什麼，這時保羅喊道，「博士，我的檢測結果出來了，傷口血塊的結果顯示與之前血樣分析數據完全一致。」

「好，老伙計，謝謝你。」博士拍了拍保羅的頭，他轉向眾人說道：「現在大家要小心了，山妖就在這一帶活動。」

博士的話讓氣氛變得很緊張。再次上路，誰都沒有說話，一行人默默地走着，大家放慢了腳步，等待山妖的出現。本傑明和海倫走在中間，他們不時地向四下張望，害怕兇狠的山妖來個突然襲擊。

傍晚時分，他們來到了瓦勒迪澤爾小鎮，這個鎮子比蒂涅鎮還要小一些。天就要黑了，他們晚上要在這裏過夜，維拉尼找到了鎮長，熱情的鎮長給他們安排了一個住處，他們住進去後不久，晚餐也送來了。

晚餐後，博士和大家一起研究了明天的行進路線，總的來說他們的路線就是在搜尋範圍內兜圈子，引那山妖出來。維拉尼和警方聯繫了一下，今天是平靜的一天，沒有任何目擊報告，更沒有傷人事件發生。遊客和登山者都被阻止進山，已經進山的按照他們的意願，很多也被直升機或汽車送出了山。像皮埃爾那樣膽子大的人，確實也有一些呢，直升機在山裏發現了幾個人，把他們帶到了安全的村鎮。

按照博士的安排，警方的武裝巡邏隊在搜索區外巡邏的時候，經常會對天鳴放空槍，如果山妖在搜索區外，有可能會被嚇得躲進沒有槍聲的搜索區。

博士他們決定，第二天前往瓦勒迪澤爾西面的普拉洛尼昂鎮，如果沒有引出山妖，就原路返回。經過討論，大家都覺得一定能引出山妖，有一點很重要，目前山中的「登山者」只有他們，而嗜血的山妖也在尋找登山者，雙方都在積極找尋對方！

這個晚上，大家休息得很好，這樣才會有體力進行山間行進。第二天一早，大家起牀後很快吃好了早餐，整理好背包，一起出了小鎮。

剛出鎮口，博士發現了他的面前出現了兩條路，他停下了腳步，指了指一條下行的小路。

「維拉尼先生，這條路通向哪裏？地圖上沒有標注呀。」

「上次我們來這邊，聽鎮長説這路也是通向普拉洛尼昂的，只不過是在山下走的。」維拉尼説，「我也沒有走過，鎮長説是牧羊人踩出來的一條很小的路，地圖上沒標注。」

博士沒有説話，只是看着那條小路，大家都看着博士，不知道他有什麼想法。

「這樣吧。」博士看了看維拉尼，「你和卡第拉諾走這條小路，我們走山上這條路，我也不能確定山妖會躲在哪條路的旁邊。」

「好的。」維拉尼和卡第拉諾都表示同意，這樣的安排很周全，這裏的山路一般都只有一條，很少有兩條路通向同一個地方的。

「給你們一部衛星電話。」卡第拉諾把自己的衛星電話交給了博士，「有什麼事及時聯繫。」

「好的。」博士接過衛星電話，「如果我們哪一路遇到山妖，還是向高空射出兩枚紅光球吧，這樣能更快地通知對方，大家一定要互相支援。」

「沒問題。」維拉尼答應道，「那麼保持聯繫，再見。」

兵分兩路，維拉尼、卡第拉諾，還有莎拉走山下的小路，博士和小助手們走山上的路。走山上這條路一定不會迷路，因為這條路只通往普拉洛尼昂。

這是一個夏日山間的好天氣，大家走在路上，呼吸着清新的空氣，他們故意走得很慢，等待着山妖的出現，不過走了一個小時，山妖還沒有影蹤。

「看那大山，應該就是……」本傑明看到前面有座高山，指了指說。

「大卡斯山，高3855米。」保羅從海倫的背包裏探出頭，「位於瓦努瓦斯國家公園西部，我們去普拉洛尼昂要經過的地方。」

「看上去這座山很陡呀。」海倫也仰望着大卡斯山。

這時，電話響了，是維拉尼打來的，他們那邊一路無事，博士也通報了自己這邊的情況，隨後掛了電話。

本傑明多希望看到兩枚升空的紅光球呀，自己這邊沒有發現山妖，維拉尼那邊發現也可以呀。

博士走在最前面，他越過一個小山丘，突然，他站在了那裏，海倫和本傑明發現有什麼不對，連忙跟了上去。

前面不遠的路上，有一個登山包掉在路邊，地上還有一個水壺。

博士小心地走過去，彎腰看了看登山包，並把水壺撿了起來，本傑明的心裏一陣緊張，他預感到有什麼事情發生了。

「啊，博士，你看那邊，好像有一個人。」海倫指着不遠處的一片松樹林，激動地叫了起來。

不用望遠鏡也能清楚地看到，一百多米外確實趴着一個人，那地方的雪還沒有融化完。博士揮了揮手，連忙跑了過去，保羅已經從海倫的背包裏跳了出來，跟着跑了過去。

一個人臉朝下趴在地上，一動不動，博士看了看四周，沒有發現什麼異常，他蹲下身，把那人翻轉過來。

「啊，皮埃爾！」本傑明和海倫一起驚叫起來。

那人正是皮埃爾，他臉色跟白紙一樣，毫無血色，在

他的脖頸處，有一個很大的撕裂傷口，那傷口極深，血肉模糊。

「他死了。」博士把皮埃爾放下，拿起他的手看了看，「死亡時間不長，他被吸光了血！」

「是……山妖幹的？」本傑明小心地問。

「現在還無法確定，但極有可能。」博士看了看死去的皮埃爾，「真是不聽話，膽子也太大了。」

「這傢伙昨天說要爬大卡斯山呢，結果真的來了，嗨……」海倫歎了口氣。

「屍體有被魔怪殺害的人的顯著特徵。」保羅看着死去的皮埃爾，還嗅了嗅他的脖頸，「要不要我進一步檢測一下？」

「暫時先不要，附近很可能有魔怪，當務之急是大家要做好戒備，有可能山妖就在附近。」

「那就來吧！」本傑明握緊了拳頭，「就在這裏解決吧！」

「要不要給維拉尼他們打個電話……」海倫小聲地問。

「博士，有情況！」海倫的話還沒有說完，保羅就叫了起來，「預警系統有反應。」

「啊，博士，幽靈雷達也有反應！」本傑明已經拿在手中的幽靈雷達發出了震動，這是發現魔怪的反應。

「我的雷達也有反應了。」海倫跟着說，「他好像就在樹林裏。」

「背靠背，準備應戰！」博士説道。

第八章　首戰山妖

博士的話音剛落，只聽「嗖」的一聲，一個黑影從一棵大樹上突然跳了下來，那黑影長長的手臂指向了博士的脖頸。

南森博士感到一股邪風襲來，他就地一滾，躲開了襲擊。

一個高大的山妖落在了地上，他瞪着兇惡的目光看着大家，山妖外貌似熊，但像人一樣站立着。他那灰白的毛髮很長，可右肋處的毛是黑色的，他的左耳完全殘缺——大家等待已久的山妖終於出現了！

「嗷——」山妖狂叫一聲，他根本就不知道遇到的是魔法師，伸出利爪，再次向博士撲去。

博士看到山妖撲來，順勢一閃，山妖撲了一個空，就在這時，博士一掌打在山妖的後背上，山妖怪叫一聲，在地上滾了一下，然後站了起來。

海倫向着天空連發兩枚紅光球，紅色光球直直地飛向高空，然後凌空爆炸。

「魔……魔法師！」山妖看到氣流彈，還被博士打了一掌，也明白了什麼，他甕聲甕氣地説道，嘴裏還喘着粗氣。

「害人精！」博士大喝一聲，「趴在地上，束手就擒！」

「啊——」山妖哪裏肯聽，他怪叫着撲了過來，伸手就是一拳，那拳頭直擊博士面部。

博士這次沒有躲避，他就是想試試這山妖到底有多大氣力，他迎出去一掌，阻擊山妖的攻擊，只聽「啪」的一聲，博士一下就被推了出去，倒在地上，山妖仍然站在原地。

「千噸鐵臂！」本傑明和海倫看見博士倒地，扔掉手中的雷達，雙雙跳起，雙手併攏由上向下砍向山妖，他倆使出了一樣的招式，想一擊致命。

「開！」山妖大吼一聲，舉起雙臂阻擋開本傑明和海倫的攻擊，只聽兩聲巨響，那聲音就像是鋼鐵相撞，本傑明和海倫也被彈開。

本傑明落地的時候沒有站穩，一下就倒在地上，山妖的一隻腳惡狠狠地踢了過來，眼看就要踢到本傑明，博士飛身過去，一把拉開了本傑明。

山妖踢空，惱羞成怒，再次撲向博士。博士和山妖打在一起，他知道山妖的力氣非常大，不再和山妖硬碰硬，他小心地化解着山妖那一招狠過一招的攻擊，想着制勝的辦法。

海倫和本傑明也再次撲了上去，圍着山妖攻擊，保羅看到他們打在一起，想發射導彈，但這麼近的距離，導彈有可能射中自己人，就是命中山妖爆炸，彈片也肯定會傷到自己人的，他急得在周邊團團轉。

山妖力戰博士和他的助手，他氣力很大，越戰越勇。本傑明好幾次看準機會，想偷襲山妖，山妖卻舞動着長長的雙臂，不但把自己防護得很好，還猛攻博士他們。

博士使勁加大力氣，猛出擊掌，全被山妖擋開，山妖隨即舉起那兩根鋼柱一般的手臂，狠狠地向博士砸下去。

「無影鋼鐵牆！」博士唸了句口訣，一堵安全牆擋在自己身前。

「無影鋼鐵牆！合體！」海倫站在博士一邊，她怕山妖砸開博士的鋼鐵牆，將自己的鋼鐵牆與博士的合體，抗擊山妖的打擊。

「無影鋼鐵牆！合體！」本傑明也站了過去，共抗山妖的打擊。

「咣——咣——咣——咣——」山妖的雙拳猛砸四下，全部砸在無影鋼鐵牆上，那聲音震耳欲聾，旁邊的大樹都被震得一晃一晃的，博士三人緊咬着牙，耳朵都快被

震聾了。

山妖砸了幾下，也有點累了，他暫停了攻擊，站在那裏喘着粗氣。

「凝固氣流彈！」博士看到他休息，連忙射出幾枚凝固氣流彈。

「噹——噹——噹——」山妖擋開了氣流彈的攻擊。

博士看到久戰不勝，維拉尼他們也遲遲未到，急中生智，他看着山妖的身後，突然面露喜色。

「啊，你們來了，攻擊他——」博士對着山妖身後喊道，其實誰也沒有來，他就是要分散山妖的注意力。

山妖果然中計，他回頭一看，就在這時，博士拋出一枚氣流彈射向山妖，山妖這次沒有防備，腰部被氣流彈結結實實地命中，他倒退幾步，倒在地上。山妖試着站起來，但沒有成功，他受傷不輕。

博士見狀，連忙撲了上去，他要一掌擊斃山妖，但是就在他接近山妖的時候，腳踩在一處積雪上，博士一下子滑倒了，他摔在了山妖面前。

山妖猛地站了起來，他兇狠地伸出長臂砸向博士，博士一閃，但仍然被砸中了後背，博士痛苦地喊了一聲，趴在地上。

山妖又舉起手臂砸向博士，海倫飛身趕到，擋開了山妖，本傑明也衝上去猛擊山妖。保羅看見博士倒地，氣瘋了，他從側面撲上去，抱住山妖的小腿，猛咬一口。

「啊——」

山妖被咬下一撮毛，他狂叫一聲，猛地一踢小腿，保羅橫着飛了出去，狠狠地撞在一棵樹上，隨即掉在地上，腿斷了，電線也露了出來。

本傑明哪裏肯放過山妖，他猛出幾掌，山妖邊打邊退，他的左手一直捂着傷處。

「博士——博士——」海倫扶起博士，急切地喊叫着，「你沒事吧？」

「還好……我可以喝急救水……」博士掙扎着說，他從口袋裏掏出一瓶急救水，「不要讓他跑了！」

山妖連連後退，看來他的傷勢也很重，連本傑明的單獨攻擊都抵擋不住了。山妖看見海倫也撲了過來，他連忙張開大嘴，對着海倫和本傑明猛吹一口氣。

「呼——」一陣狂風撲來，那風力極大，海倫被吹得後退了兩步，本傑明也差點摔倒。

山妖轉身就跑，博士在地上掙扎着試圖站起來。

「抓住他——」博士急得大喊，他已經喝下了急救水，但一時還站不起來。

本傑明和海倫一起追了上去，山妖向旁邊的一座小山丘跑去，他雖然受了傷，但是跑起來還是飛快。本傑明和海倫想用綑妖繩綑住他，但山妖一下就跑出了綑妖繩的飛行距離。

山妖爬上了小山丘，那裏都是積雪。一座更高的山出現在他面前，山妖回頭看了一下，本傑明和海倫已經追了上來，山妖看了看山，那山有些陡，一條蜿蜒的小路通向山上，山妖沒有走那小路，而是直接攀爬山坡，他動作敏捷，很快就爬了上去。

本傑明和海倫已經追到了峭壁下，他倆看了看路，沿着路追上去顯然來不及了，海倫剛想唸口訣用凝固氣流彈攻擊山妖，但是山妖一下就爬上山，不見了。

「輕輕的身體輕輕地飄。」海倫唸了一句口訣，只見她一下就飛了起來，「輕輕地飛到山上去。」

海倫飛上了山，山頂很大，她一眼就看見了山妖，山妖穿過一片雪地，鑽進了一間小木屋裏。

「輕輕地落地恢復正常。」海倫又唸了一句口訣。

她很快就落在山頂了。海倫身後，本傑明也唸口訣飛了上來。

「海倫，他在哪裏？」本傑明大聲地問。

「進了那房子，跟我來——」海倫説着向小木屋跑去。

本傑明跟上海倫，兩人一前一後衝到那房子前，海倫一腳把房門踢開，衝了進去，本傑明隨即跟了進去。

房間裏沒有山妖，只有一張破桌子、兩把椅子，還有一個蓋着蓋子的大箱子。海倫看了看本傑明，指了指那個箱子，隨後走到箱子旁，舉手準備攻擊。

本傑明點點頭，他上去猛地掀開箱子，海倫大喝一聲，就要攻擊，但她慢慢地放下了手，箱子裏是空的，什麼都沒有。

房子有個後門，本傑明走過去，輕輕一推，門就開了，那門根本就沒有鎖，也沒有插銷。

「可能是從後門跑了。」本傑明走了出去，海倫跟了出去。

外面什麼都沒有，只有白白的雪地，雪地上沒有任何腳印。四面都是山，山妖不見了。

「嗨！」海倫懊惱地揮了揮手臂，「可惜沒帶幽靈雷達。」

「給他跑了！」本傑明也恨恨地說，低下了頭。

「走吧，回去看看博士。」海倫無可奈何地說，「他傷得不輕呢。」

他倆離開了山頂，無精打采地向回走去，走了一會，迎面看到了卡第拉諾和維拉尼。

「怎麼樣？」維拉尼老遠就喊道，「山妖呢？」

「跑了。」本傑明低着頭說。

「啊？」卡第拉諾叫了一聲。

「兩位，」海倫很不滿意，「你們怎麼才來？」

「那條小路在山下繞了一個很大的圈子，我們越走離你們越遠，剛才我和卡第拉諾在路邊發現一具像是被山妖吃了的羚羊，正在研究，看見了你們的信號，馬上趕來，可惜還是晚了。」維拉尼解釋道。

「我們看到博士躺在地上，還以為他有什麼事呢。」卡第拉諾略帶些委屈地説，「我們就去救助博士，他要我們來支援你們。」

「博士怎麼樣了？」海倫邊往回走邊問。

「他説喝了急救水，好多了。」卡第拉諾説，「保羅的腿斷了，我們把莎拉留在那裏，看護着他們。」

「這個老保羅，他要是跟來，一顆導彈就解決問題了。」本傑明説完還歎了一口氣，他倒是不太擔心保羅的傷，只要博士給他一接，腿就好了。

「山妖踩在雪上，還是沒有腳印吧？」維拉尼想起了什麼，問道。

「是的。」海倫説，「否則跑不了的。」

「那傢伙跑到山上的那間小屋就不見了。」本傑明説，「小屋裏沒有山妖，只有桌子和椅子，還有個大箱子，箱子是空的，沒有山妖。」

本傑明的話音剛落，維拉尼和卡第拉諾突然站住了，他倆互相看了看。

「箱子？」維拉尼又看看本傑明，「小屋裏有箱子？」

「對呀。」本傑明疑惑地點點頭。

「箱子就是山妖！」卡第拉諾説着就向山上跑去。

維拉尼也跑了過去，海倫和本傑明只能跟在他們後面，再次來到了那個小木屋。

卡第拉諾第一個衝進木屋，裏面還是那張桌子和兩把椅子，但是箱子不見了。

本傑明和海倫看着剛才放箱子的空地，目瞪口呆。維拉尼走出後門，什麼也沒有發現。

「我和維拉尼前些天來過這裏。」卡第拉諾解釋道，「這裏以前是獵人休息的地方，不過早就荒廢了，偶爾有登山者在這休息。那次我們來這裏只有桌子和椅子，這些天誰會在這裏放個箱子呢？山中的居民不會進來，就是個別膽大的登山者也不會背着箱子上山的。一定是山妖變成箱子迷惑了你們，現在他真的跑了。」

「我們……我們不知道這些情況。」本傑明後悔得差點打自己的頭。

「這不怪你們。」維拉尼走了進來，説道。

「山妖真是狡猾。」海倫也懊惱到了極點，「要是帶上幽靈雷達，就不會有這樣的事了。」

「算了，早晚會抓住他的。」維拉尼安慰道，「我們回去吧，不知道博士怎麼樣了。」

第九章　警方設立了包圍圈

大家再次往回走，海倫知道博士服下了急救水，應該沒有什麼問題，她把剛才發現皮埃爾屍體、山妖偷襲的事告訴了維拉尼和卡第拉諾。他們很快就來到剛才和山妖搏鬥的地方，博士蹲在那裏，正在修理保羅那條斷腿，莎拉在一邊看着。

「他們回來了。」莎拉看到了維拉尼，説道。

博士慢慢地站了起來，看起來他還是有些吃力，大家連忙跑過去，扶起了他。

「博士，山妖沒有抓住。」本傑明簡單説了一下情況，把山妖變成箱子的事也説了。

南森博士聽完了本傑明的話，想了想，接着他對維拉尼説道。

「維拉尼先生，你馬上聯繫警方，以我們這裏為中心，設立一個半徑二十公里的包圍圈，配置大量警力，把守住各條道路，包圍圈上每隔三、四百米設立一個觀察站，發現山妖就開火，注意，夜間更要注意觀察，要配備夜視儀，全天候封鎖這一區域！」

「好的。」維拉尼說完，拿出了衞星電話，開始聯繫拉科特警官。

「他受了傷，跑不出這個區域。」博士看了看大家，解釋道，「一定要把他壓縮在這個區域裏。」

「現在他跑不了多遠的。」海倫說道，「我看他也受了很重的傷，應該躲在這附近休息呢。」

「我也受傷了，沒法走路了。」保羅躺在地上，叫了起來，「我要是再碰上他，絕不放過他！」

「這裏缺少工具，到鎮上才能把他修好。」博士看了看保羅，「老伙計，格鬥可不是你的強項呀。」

「都怪你，沒有把我組裝成格鬥機械狗。」保羅埋怨道。

博士苦笑了一下，這時，維拉尼打完電話，走了過來。

「警方正在全力部署，他們利用直升機投放警力，設立封鎖線。」維拉尼說道，「拉科特警官說他們有最好的夜視設備，山妖夜間休想逃出去。」

「好。」博士很滿意，「我們這次驚動了他，這傢伙也受了傷，暫時不會出來活動了，我們走吧，去普拉洛尼昂，先要把保羅修理好。」

「博士，你能走嗎？」卡第拉諾關切地問。

「沒問題的。」博士試着走了兩步，但身體有些搖晃。

「不用走路。」維拉尼攔住了博士，「我叫直升機來接我們，還有皮埃爾的屍體，也要叫直升機帶走。」

「噢，對了，我們還配備了直升機呢。」博士笑了笑，「我都忘了。」

維拉尼又打了個電話，沒多久，兩架四座位的小型警用直升機趕了過來，大家上了直升機。

飛機載着大家向普拉洛尼昂飛去，維拉尼和博士坐在一架飛機上，他看到剛才自己走的那條小路，想起了什麼，拉了拉博士，指了指下面。

「就在那裏，我和卡第拉諾發現了一具岩羚羊的屍體，應該是山妖吃剩下的。」

博士望着下面，若有所思地點了點頭。

他們很快就降落在了普拉洛尼昂鎮，此時已經是中午了。小鎮的鎮長給他們找了一所房子，博士叫鎮長送了一些工具過來，將保羅放在一張桌子上，很快就修好了他的斷腿，還對他進行了一個全身檢查。

保羅其他的部位良好，恢復了行走功能後，他又活蹦亂跳地和莎拉玩在一起了。

「老伙計，我讓你保留的山妖毛髮還在嗎？」博士忽然想起了什麼，說道。

「當然，就在我身體裏。」保羅得意地說，他看了看維拉尼，「我咬了那傢伙一口，一嘴的毛。」

「你可真是個勇士！」維拉尼誇讚道。

「謝謝。」保羅搖了搖尾巴。

「好了，勇士，馬上對山妖的毛髮進行一個綜合分析，資料給我列印一份。」博士笑着說。

保羅立即利用身體裏的分析儀對山妖的毛髮進行了分析，把列印的資料交給了博士。

南森博士認真地看着那些資料，忽然，他閉上了眼睛，手捂着頭。

「博士，你怎麼了？」海倫連忙過去扶着博士。

「沒什麼，頭還有點暈，休息一下就好了。」

「不要看了。」海倫的口氣很嚴肅，「馬上去休息。」

在大家的要求下，海倫的監督下，博士進房間休息了。雖然喝了急救水，但及時的休息是必要的。

大家其實都很累了，海倫和本傑明同山妖進行了搏鬥，消耗了大量體力，他倆也進到房間裏，很快睡着了。

維拉尼和卡第拉諾在屋子裏，討論着剛才的事，發現了山妖的蹤影，讓他倆看到了很大的希望。

晚上六點多，博士他們都醒了，博士感覺好多了，走路也穩了很多，晚上再睡一覺，他就能完全復原了。

看到博士起來，維拉尼向博士介紹了情況，警方已經設立好了包圍圈，包圍圈的一小部分在意大利，意大利方面也全力配合，整個包圍圈上兩國警方投入了近三千名警員，不但在相鄰三、四百米配置了重武器的固定觀察站，而且還有幾十支巡邏隊沿着包圍圈全天候巡邏。此時，配備給魔法師們的兩架警用直升機，也停在鎮東的一個空地上，隨時候命。

博士很滿意警方的安排，他拿出保羅列印的分析資料，又看了一下。現在，魔法師們要做的事就是怎樣在包圍圈內把山妖找出來。晚飯後，大家圍着一張打開的地圖，展開了熱烈的討論。

「我覺得可以建議警方，讓他們明天在包圍圈裏來個拉網式的搜索。」本傑明建議道。

「這也是個辦法。」海倫想了想，她看了看地圖，又看看窗外，此時，天已經黑了，「不過這個包圍圈有一千二百多平方公里呢，到處是密林，魔法師的人數少，主要還是要依靠警員搜索，要是山妖再變成石塊什麼的，很容易蒙蔽警員的。」

「這倒是。」本傑明贊同海倫的看法，他眨眨眼睛，「還化裝成登山者？我想山妖也不會再上當了。」

「嗯。」維拉尼附和道，「山妖現在知道有魔法師在抓他，還受了傷，肯定不敢在這裏作案了，他一定是想着怎麼離開這裏，這次不知道他想跑到什麼地方去？」

「要看警方的了。」博士説道，「如果他逃出包圍圈，再抓他就難了，誰知道他跑到什麼地方去呢！」

「拉科特警官說法、意兩國警方投入了相當大的警力，包圍圈非常嚴密。」維拉尼說着看了看地圖上的包圍圈。

「博士，他不會變成一隻鳥飛走吧？」本傑明問。

「不可能。」博士微微一笑，搖了搖頭，「再怎麼變，他那龐大的身體是變不掉的，他根本就飛不起來，也許他能變成一隻胖鴕鳥，警員要是看見阿爾卑斯山裏跑出來一隻鴕鳥，能放過他嗎？」

「哈哈哈——」房間裏的人都笑了起來。

「變化術這種法術，頂級魔法師都很難掌控。」博士嚴肅了起來，他揚了揚保羅列印的那張資料表，「我和山妖交手時發現，他的強項就是力氣異常的大，這是吸食人血的原因，保羅的檢測也發現了他的毛髮含有大量人血成分。同時，分析資料也顯示，他的變化能力指數較低，只有五級，從實際情況看，他遇險後變成石頭、箱子這種體積大的東西，正好和他體形相配，這也說明他的變化術級別低，變化指數五級，這個級別連活動的東西都不能變。」

「這就好了，我還怕他變成遊客騙過警員跑出包圍圈呢。」海倫說。

「他就是變成人，也會漏洞百出。」博士又笑了，「滿身是毛，背着登山包，能把警員嚇暈的。」

「轟——」屋子裏的人又笑成一片。

就在這時，維拉尼的衛星電話突然響起急促的鈴聲，維拉尼臉色一變，連忙拿起電話。

「……啊，是塞尼山口嗎……已經跑了……」維拉尼表情嚴肅，大家都屏着呼吸，看着他，「……好的，我們過去看一下……」

「怎麼了？」看到維拉尼掛上電話，卡第拉諾迫不及待地問。

「剛才在塞尼山口，警方的觀察站用夜視儀發現了山妖，開了槍，山妖跑了，不過沒跑出包圍圈。」維拉尼急切地說，「我們要去看一下，乘直升機去。」

「那好，馬上走。」博士說着就往外走。

「不行，你剛剛好一些。」維拉尼攔住了博士，「我們去就可以了……」

「博士，我們能對付山妖的！」本傑明也攔着博士。

「就是，而且警方說山妖已經跑了。」維拉尼又說。

「那好，你們要多加小心。」博士叮囑道，他覺得自己沒有完全好，去了可能會給大家添麻煩。

維拉尼帶着大家向門外跑去，保羅和莎拉也跟去了。

博士一個人留下，他看着地圖，找到了塞尼山口的位置，那裏距離上午大戰山妖的地方剛好二十公里，就在包圍圈的南面，是警方設立封鎖線的地方。博士判斷，山妖一定是想從那裏越過山口逃跑，山口的另一面，就是意大利。

直升機起飛的聲音響起，博士知道維拉尼他們出發了。過了兩個小時，直升機的聲音再次響起，維拉尼他們應該是回來了，博士站在門口，等着他們。

幾分鐘後，維拉尼他們全都回來了。

「一無所獲。」本傑明走在最前面，看見博士，他攤了攤手。

第十章　請岩羚羊幫忙

維拉尼把全部的情況告訴了博士。原來，晚上九點的時候，在塞尼山口的兩個相鄰的觀察站，值班警員用加裝瞭望遠鏡頭的夜視儀，同時發現了山妖。一個觀察站的警員有些緊張，山妖距離很遠，就開了槍，結果沒有打中山妖，山妖跑掉了，不過警方還是把他困在了包圍圈裏。

維拉尼他們到了塞尼山口後，在發現山妖的地方進行了搜索，但是沒有任何結果，只能返回。

「這傢伙一定是想利用夜色逃走。」維拉尼最後說道，「十六年前他跑掉的地方就在塞尼山口不遠的地方，還好這次警方把守住了包圍圈。」

「這次他跑不了。」海倫揮了揮拳頭，「剛才拉科特警官也在那裏，他說警方絕對不會讓山妖逃出去的。」

「關鍵是看我們怎樣在這樣大的包圍圈裏抓住山妖了。」博士環視了一下大家，「他一定知道自己被包圍了，還有魔法師在抓他，隱藏得會更深。」

「博士，你想到辦法了嗎？」保羅很焦急地問。

「我嘛……」博士聳了聳肩，「要想到辦法就要先好好休息，現在很晚了，大家都累了，休息一下，我們一定能找到好辦法的！」

確實，這一天也算是驚心動魄的一天，大家都很吃力，博士還受了傷，他們全都進了自己的房間，只有保羅在客廳裏看電視——他的能量充足，不用睡覺。

第二天早上，本傑明最晚起牀，他睡眼惺忪地來到客廳，卡第拉諾連忙招呼他吃早餐，本傑明看了看大家，沒有看到南森博士。

「博士呢？還沒起來？」本傑明問。

「哪像你？」海倫說道，「早就起來了，他帶保羅和莎拉去外面走走。」

「他好了嗎？」

「好了，昨晚他又喝了些急救水，早上也喝了。」

「那就好。」本傑明很高興，博士可是魔幻偵探所的支柱。

南森博士確實好了，早上起來他就覺得身體恢復了正常。此時，他帶着保羅和莎拉在鎮東的空地上散步，保羅和莎拉繞着那兩架直升機轉了轉，他倆覺得乘坐直升機感覺不錯。保羅還告訴博士，駕駛員就住在旁邊的房子裏，真是沒有他不知道的。

博士也仔細看了看那兩架直升機，這種四座位的輕型飛機在山間穿越，非常靈活。

呼吸着清新的空氣，博士又來到了小鎮的鎮口，一條小路蜿蜒着通向西面，路邊還有一個指示牌，指示小路通向瓦勒迪澤爾。在小路的旁邊，有一條更窄的路通向山下，博士知道，這條路也是通向瓦勒迪澤爾的，只不過是牧羊人踩出來的，地圖上沒標注，昨天維拉尼和卡第拉諾走的就是這條路。

博士帶着保羅和莎拉走上了那條更窄的路，不遠處的路邊有一片密林。清早，這裏沒有什麼行人，非常安靜。

「博士，你看呀。」保羅突然興奮起來。

「是岩羚羊。」莎拉也很興奮。

只見不遠處，幾隻岩羚羊小心翼翼地走下陡峭的山坡，越過小路，進入了樹林。

保羅興奮地跑過去，莎拉也跟着跑了過去，博士叫都沒叫住。

岩羚羊看到保羅和莎拉跑來，全都慌亂地跑進了樹林，保羅和莎拉只好跑了回來。

「老伙計，你嚇唬牠們幹什麼？」博士責怪道。

「交個朋友呀。」保羅嬉笑着說，「再問問牠們看見山妖沒有。」

「看見山妖……」博士突然停在了原地，他兩眼直直

保羅讓博士想到了什麼？這些岩羚羊和山妖有什麼關係呢？

地望着那片密林，好像呆住了一樣。

「博士，博士。」保羅看見博士的樣子，感到很奇怪。

「我們回去。」南森博士突然滿臉的興奮，他轉身向回走去，「老伙計，這次可多虧了你。」

「喂，不去那邊散步了？」保羅跟在博士身後，「到底是怎麼回事？」

「走吧，你的主人都走遠了。」莎拉對保羅說道，說完就去追博士了。

南森興沖沖地闖到了房間裏，把正在收拾餐盤的海倫嚇了一跳，博士叫大家馬上集合。

「博士，你一定有了什麼好辦法。」本傑明坐在沙發上，用期待的眼光看着博士。

「對了。」博士說道，「真的要感謝保羅。」

「當然，要感謝我。」保羅得意洋洋地說，他忽然看看博士，「那麼……感謝我什麼？」

「剛才我帶保羅和莎拉去鎮東散步，在那條地圖上沒有標注的小路上，保羅看見了一羣岩羚羊就去追，還跟我說要向岩羚羊打聽一下有沒有看見山妖。」

「啊，我、我開玩笑的。」保羅晃了晃腦袋。

「昨天，維拉尼和卡第拉諾也在那條小路旁看見了被山妖吃了的岩羚羊的屍體。」博士看了看維拉尼和卡第拉諾，「是這樣吧？」

維拉尼和卡第拉諾都點了點頭。

「山妖已經知道自己被圍捕，所以會隱藏起來，這樣大的一個區域，搜索起來會非常困難，這個問題我們已經討論過了。」博士繼續説道，「所以，正如保羅所説的，我決定請岩羚羊幫忙，找到山妖！」

「啊？」大家都吃了一驚，保羅驚叫起來，「我那是開玩笑的，岩羚羊怎麼會幫我們找山妖呢？」

「山妖知道被魔法師抓捕，再怎麼引誘他，也不會輕易上當了。昨晚他逃走時遇阻，也應該明白自己被包圍了。」博士解釋道，「他會在包圍圈裏隱藏起來，躲避搜捕，但有一點極為重要，那就是無論他怎麼隱藏，還是要吃東西的，否則會被餓死，而且山妖食量很大，這樣我們的機會就來了！」

大家一動不動地看着博士，眼睛都不敢眨，博士則笑了笑。

「山妖主食岩羚羊和大角山羊，這兩種動物都是有很強的領土觀念的，所以我們只要在包圍圈裏的這些動物身上安裝全景攝影鏡頭和定位儀，山妖撲食的時候，我們就能看到他的影像、鎖定他的位置！」博士用力地揮了揮手，「可以用麻醉槍打中那些岩羚羊和大角山羊，再安裝攝影鏡頭，就像動物學家為觀察動物活動那樣，電視裏有播放過的。」

「啊……是個好主意……」本傑明第一個叫了起來，「不過所有的動物裝上攝影鏡頭，要花多少時間呀？」

「不是所有的。」博士擺了擺手，「這些都是羣居動物，每個族羣麻醉兩、三隻放上監視設備就可以了。麻醉劑效力消失後，這些動物都能回到自己的族羣。我想，這個包圍圈裏的岩羚羊和大角山羊的族羣不會很多吧。」

「那牠們要跑出包圍圈怎麼辦？」本傑明又問，「警員不可能攔截這些動物的。」

「哈哈，我剛才說的你沒聽清。」博士摸了摸本傑明的頭，「我看過一些紀錄片，介紹過這些動物，岩羚羊和大角山羊這樣的動物有領土觀念的，會在比較固定的區域活動，所以不怕牠們跑出包圍圈。」

本傑明吐吐舌頭，不好意思地笑了笑。

「博士，我覺得你這個辦法很好。」海倫很高興，「可我也有個小問題，如果山妖躲在暗處，發現我們給岩羚羊安裝攝影鏡頭怎麼辦？」

「很好，魔幻偵探就是要多思考問題。」博士笑了笑，「我想山妖平時不會看電視，不可能知道攝影鏡頭是怎麼回事，而且最關鍵的是，即使他知道也沒辦法，他總是要吃飯的，只要他撲食，就會被鎖定！」

「嗯，有道理。」海倫信服地說。

「博士，你真不愧是個大偵探。」卡第拉諾用崇拜的目光看着南森，「其實我一直發愁呢，這麼大的區域，到處是密林，找一個會變化的山妖，太困難了，可你這麼快就找到了解決辦法……」

「博士，有了你這個辦法，抓到山妖是遲早的事。」維拉尼望着博士，說道，「我覺得應該馬上行動。」

「對。」博士說，「不過給岩羚羊安裝攝影鏡頭和定位儀這件事，也是一個很大也很有難度的工作，這件事要以警方為主，最好再去找幾個了解這個區域動物活動的專家，在專家的指導下安裝攝影鏡頭。另外，警方人員進行這項工作時，要特別小心山妖襲擊。」

「你想得很周全。」維拉尼說道，「現在我就去聯繫拉科特警官。」

「我們一起去找他，當面談。」博士果斷地說。

「那最好了。」維拉尼說道，「你的身體……」

「完全康復了！」博士拍了拍維拉尼，「放心吧。」

南森博士和維拉尼乘坐直升機，去了穆捷鎮。他們見到了拉科特警官，博士把計劃講給了拉科特警官，拉科特警官認真地聽完博士的話，他也很興奮。

他們開始詳細地安排計劃的執行，南森建議魔法師們就駐紮在普拉洛尼昂，因為那裏就在包圍圈的中心區域，行動起來會方便一些，拉科特警官同意了這個建議。博士特別提醒警方注意，給岩羚羊和大角山羊安放攝影鏡頭的時候，一定要注意安全，謹防山妖襲擊。

和警方協商好後，博士和維拉尼回到了普拉洛尼昂。警方那邊也馬上展開了行動，一批全方位視界的全景攝影鏡頭和衞星定位儀被送進了山，很快，麻醉槍彈也送了過來。下午，兩名里昂大學的動物學家也趕了過來，他們將指導警方人員給包圍圈裏的岩羚羊、大角山羊族羣安裝攝影鏡頭和定位儀，兩位專家對這裏的環境和動物種羣分布非常熟悉，他們以前曾多次進山研究這裏的動物。

經過兩名動物專家的判斷，整個包圍圈裏會有十幾個岩羚羊和大角山羊的族羣，每個族羣的數量在十幾到二十幾隻不等，阿爾卑斯山間的這些岩羚羊和大角山羊都是小規模羣居，牠們都有比較固定的領地。

警方決定在第二天開始，派出多個配備直升機的小分隊執行任務，爭取在兩、三天的時間內完成對包圍圈內岩羚羊、大角山羊族羣的安裝任務。他們決定每個族羣選取三隻動物，每隻身上同時安裝攝影鏡頭和定位儀，確保能準確及時地捕捉到山妖的資訊。

第十一章　山妖出現

博士他們回到小鎮上，暫時沒有什麼事情做。傍晚的時候，十幾台手提電腦被送了過來，然後，每個被安裝了監視設備的動物族羣會被編號，影像和方位資訊會傳輸到同樣號碼的手提電腦上，魔法師們就能準確地判定方位，抓捕山妖。

這個晚上，大家早早地睡覺了，凌晨三點的時候，衞星電話又急促地響起，大家全被驚醒。維拉尼接了電話，警方報告説剛剛在泰斯鎮北，一隊沿包圍圈巡邏的警員發現了山妖，而山妖沒等警方開槍就跑了。

魔法師們連忙乘坐直升機前往泰斯鎮北，到了以後，他們展開了搜索，但是山妖已經不知去向。看找不到什麼痕跡，魔法師們便回到了駐地。

回去以後，誰也不肯睡覺，博士看着地圖，泰斯鎮就在包圍圈的北面，看來山妖換了個方向逃跑，不過這次他似乎發現了警員，沒有硬闖封鎖線而是逃了回去。

「看來他不死心，急着逃出去呀。」博士用手指點了點地圖，「還是往意大利那邊逃跑。」

「可惜又給他跑了。」本傑明遺憾地説，「沒開槍他怎麼就跑了呢？」

「剛才那警員説了，」維拉尼分析道，「他們巡邏的時候用夜視儀看到了山妖，埋伏好想等他靠近後射擊，但山妖又向前走了幾步後突然轉回身跑了，應該是聞到了人的味道。估計他的嗅覺很靈敏，山妖本身也很狡猾。」

「維拉尼分析得很有道理。」博士表示同意。

「不管怎麼樣，山妖一定還在包圍圈裏，他跑不了的！」卡第拉諾信心十足地説。

天還沒亮，於是大家又去休息。再沒有山妖出現的報告，第二天早上，魔法師們起來得都比較晚。

警方在這一天非常忙碌，他們的十幾支小分隊或者步行，或者乘坐直升機進入了包圍圈，在里昂大學動物專家的指揮下，尋找着那些岩羚羊和大角山羊的族羣。發現目標，他們就悄悄接近，用麻醉槍放倒三隻岩羚羊或大角山羊，然後安裝攝影鏡頭和定位儀。他們把兩個儀器都裝在一條帶子上，帶子綁在岩羚羊或大角山羊的後背，全景式的攝影鏡頭讓岩羚羊或大角山羊「背着」，攝影鏡頭和定位儀都是微型的，不會影響被安放者的活動。

這一天，警方一共給六個岩羚羊羣和五個大角山羊羣安裝了監控設備，這個速度是比較快的。博士他們的駐地，十幾台手提電腦全部打開，已經安裝了設備的動物發出的影像和位置報告已經在所對應的電腦上顯示了，本傑明和海倫一直盯着那些電腦，山妖可能會隨時出現。

這天晚上，平安無事，山妖沒有再次嘗試外逃。也許他意識到自己被包圍，也知道槍彈的厲害，不敢貿然嘗試了。

第二天上午，警方繼續工作。中午，里昂大學的動物專家認定包圍圈裏所有的岩羚羊和大角山羊族羣都被安裝了設備，這兩種動物加起來一共十七個族羣。此時，這十七個族羣的活動地點已經準確地反映在博士那裏的十七台手提電腦上，這些動物或在林地，或在山間，或靜止或移動，牠們所處環境的影像也出現在電腦上。

拉科特警官用電話通知了維拉尼，警方人員已經全部撤出了包圍圈，接下來就看魔法師們的了。

十七台電腦前，是來回巡視的本傑明和海倫，魔法師們輪流值班，等待山妖的出現。夜晚他們也會看守着，儘管山妖沒有在夜間捕食的特點，但要以防萬一。

「這些傢伙夠能吃的。」海倫指着三號電腦的熒幕，説道。

三號電腦熒幕上，被分成了四個畫面，三個是影像畫面，一個是方位顯示。這是一個岩羚羊的族羣，安放在三隻岩羚羊後背的攝影鏡頭，拍攝着同伴吃草的畫面，這些岩羚羊一直在吃草，沒有停過。

「這兩隻山羊還在打架呢。」本傑明指着四號的電腦熒幕說，「你頂我撞的，海倫，我打賭左邊這隻能贏，你說呢……啊，畫面移開了，喂，還沒決出勝負呢……」

博士的兩個小助手一直很興奮，看着那些畫面，他們彷彿置身於動物世界，這種新奇感是從來沒有過的。

「如果不知道，還以為我們是動物學專家呢。」保羅趴在沙發上，懶洋洋地說。

保羅現在的任務是晝夜值班，所有電腦上的資訊已經和他身體裏的電腦聯網，一旦有山妖出現的鏡頭，他會馬上得到資訊，並通知大家。魔法師和保羅一起監視，確保第一時間就發現山妖。

這又是比較緊張的一天，不過山妖沒有出現，晚上也沒有山妖試圖逃出包圍圈的報告，這一天，就這樣過去了。

新的一天開始了，吃過早餐，除了晚上值班的卡第拉諾，大家都圍在那些電腦前，等待山妖的出現，不過等了一個上午，什麼情況都沒有，所有的動物族羣都悠然自得地遊蕩在阿爾卑斯山間。

卡第拉諾吃了早餐後，也跑了過來。

「怎麼樣？有什麼情況？」

「沒有。」本傑明垂頭喪氣地說，他忽然握了握拳頭，「我就不信山妖不吃飯！」

正在這時，海倫叫了一聲，她死死地盯着五號電腦，樣子很緊張。

「怎麼了？」一直在看十七號電腦的博士跑了過來，問道。

「你看看吧。」保羅說，「殘酷的動物世界。」

五號電腦接收的一個大角山羊族羣發來的資訊，電腦熒幕上，三個攝像畫面幾乎同時晃動起來，三個全景式的攝影鏡頭從各自的角度清晰地捕捉到了畫面——一隻山貓突然竄出，山羊們立即逃竄，山貓緊追不捨，一下撲倒一隻山羊，山貓撲食的畫面又顯示了幾秒鐘，不過越來越小，最後完全消失了。晃動的畫面最終恢復了平靜，逃跑了的山羊們像是沒有發生過什麼，一隻佩戴着攝影鏡頭的山羊的鏡頭中，出現了另外兩隻佩戴着攝影鏡頭的山羊，那樣子仍是怡然自得。

「那隻山羊是隻小山羊。」海倫有些傷心地説，「沒有跑掉，還是給山貓抓住了。」

説完，海倫跑去看其他電腦了。

「帶着攝影鏡頭的山羊都跑了。」本傑明指了指電腦熒幕，「要是猛獸把帶着攝影鏡頭的山羊吃了，還要重新安裝。」

「那沒辦法呀。」卡第拉諾輕輕地搖了搖頭，「但願山妖早點出現。」

「這羣山羊一口氣跑了一千多米呢。」保羅説，「從山貓出現的地方，到牠們現在的地方，一共一千二百米，這是我最新統計的結果……」

「啊——」突然，海倫在十號電腦前驚叫起來。

「怎麼了？」博士意識到了什麼，連忙趕了過去。

「山妖！」海倫指着熒幕的手都抖了起來。

「是山妖！」保羅一下從沙發上跳了下來。

十號電腦熒幕上，三個畫面同時出現了那隻缺耳長毛的山妖的影像，這傢伙張牙舞爪地猛撲向一隻岩羚羊，他一下就按住了那隻岩羚羊，岩羚羊掙扎着，但被按得死死的。畫面中的山妖越來越小——岩羚羊羣在拚命奔逃。

「尚帕尼鎮西北一千四百米處的林地！」保羅準確地測出並記錄了山妖出現的方位，「海拔二千三百米，距離我們這裏有八千米。」

「我們走！」博士大喊一聲。

第十二章　山林裏的大戰

大家一起衝了出去，維拉尼看到畫面就用電話通知了直升機駕駛員，他們跑到直升機前的時候，直升機已經發動了，大家上了兩架直升機。

「在尚帕尼鎮北降落。」維拉尼拍了拍駕駛員的肩膀。

為了不驚動山妖，他們不能降落在山妖出現的地方，而是在距離他一千多米的地方降落。

直升機上，博士用衛星電話通知了警方，他要警方也開始向尚帕尼方向縮小包圍圈。

不到三分鐘，他們就在尚帕尼鎮北找了一個空地降落了，大家跳下直升機，聚集在博士的身邊。

「大家都跟着保羅。」博士飛快地説道，他指了指西北方向，「先隱去我們的味道，海倫、本傑明，打開幽靈雷達，出發！」

大家全都唸了口訣，遮罩了人體的氣味。保羅帶路，向剛才鎖定的方位跑去，莎拉緊跟着保羅，他有些緊張。

「那傢伙肯定還在享用美味大餐呢。」保羅邊跑邊説，他想緩解一下氣氛，「這次他跑不了啦。」

大家都跟着保羅，爬上一個小小的山丘，向目標快速進發。他們都盡量不弄出大的聲響。

這是一片比較稀鬆的山林，基本上都是松樹，也有一些雲杉樹，這裏的雪全都化了，地面布滿了綠草。

很快，他們就跑了幾百米的距離，保羅突然站住，他看了看博士。

「前方不到五百米的地方，有魔怪反應。」保羅興奮地對博士説道。

「我的雷達也有了反應。」海倫跟着説。

「我的也是。」本傑明也説。

「大家小心。」博士看看周圍的情況，這裏向前是一個緩緩的山坡，樹木不算多，坡上有很多大塊的山石，博士指了指前面，做了一個包抄的手勢，「我們散開，包圍他！」

「博士，我一顆導彈就能炸死他。」保羅建議道，「我鎖定了他的位置了！」

「不要。」博士擺擺手，「我們這麼多人，最好抓活的，要問清楚他在其他地方有沒有同夥。」

説完，博士做了一個前進的手勢，大家全都散開，互相保持了距離，彎着腰並排前進。

沒多久，他們就前進到了距離山妖一百多米的地方，博士和保羅、莎拉躲到了一塊大石頭後面，他身邊是兩個小助手，維拉尼和卡第拉諾在更遠的兩側。

「他在正前方。」保羅用極小的聲音對博士說，「一百米，靜止狀態。」

博士悄悄地把頭探出大石頭，他一下就看到了山妖，山妖坐在不遠處的一棵樹下，正在撕扯着一隻岩羚羊腿，他專心進食，根本就沒有想到自己已經被包圍了。

兩側，維拉尼和卡第拉諾也悄悄地觀察到了山妖的位置。

博士對維拉尼和卡第拉諾打了一個手勢，讓他們先行動，從側面包抄過去。兩個魔法師小心翼翼地迂迴了過去，山妖處於三面被夾擊的狀態。

博士拿出了自己的綑妖繩，對兩個小助手揮了揮，隨後指了指前方。

本傑明和海倫明白了博士的意思，也拿出了各自的綑妖繩。博士彎着腰，小心地又向前移動了幾米，躲到了一棵大樹後面。

本傑明和海倫悄悄來到大樹後面，博士探出頭，看了看山妖，山妖正撕咬着那隻羚羊腿，一隻很大的羚羊此時已經被他吃了一半了。

南森帶着小助手，悄然無聲地再次向前移動，很快，他們就隱藏到了距離山妖僅三十米的地方，再向前是一片僅有幾棵小樹的開闊地了。博士舉起了綑妖繩，對兩個小助手用力地點了點頭。海倫和本傑明也舉起了綑妖繩。

「拋繩子——」博士突然站起來，大聲喊道。

「嗖——嗖——嗖——」三條綑妖繩一起拋出，飛向了山妖。山妖正大口嚼着肉，猛聽到喊聲，還沒有反應過來，三條綑妖繩一下就捆住了他，山妖的胳膊和身子一起被困住了。

「哈哈，束手就擒！」維拉尼非常高興，他和卡第拉諾一起從隱藏的地方跳了出來。

「啊——」山妖大喊一聲，站了起來。

博士帶着小助手們衝了上去，山妖看到了他們，明白了一切，他雙眼冒出了火，死死地瞪着博士。

「魔法師——去死——」山妖突然大吼一聲，他一下就掙斷了綁住他身上的綑妖繩，三條繩子全都斷了！

博士一下就被驚呆了，能掙斷綑妖繩的魔怪可不多，這説明他的力氣大極了。

「啊，拉斷了我的繩子——」本傑明可不管那麼多，衝着山妖大喊，「你賠我一條新的！」

山妖掙斷繩子後，又大吼了一聲，看到自己被包圍，

他沒有着急逃竄。山妖轉身一掌就砍斷了身後的那棵粗大的雲杉樹，他抱着樹幹，猛地掃向博士他們。

「閃開——」博士連忙大喊，説完拉着海倫後退幾步，保羅和莎拉也逃到一邊。

本傑明慌忙卧到地上，那樹幹帶着風聲，從本傑明頭上掃過。

「來呀——魔法師——」山妖大聲地吼道，掄起長長的樹幹又掃向維拉尼，那粗大的雲杉樹在他手裏就像是個玩具，揮舞得很靈活。

維拉尼閃身躲開，這時卡第拉諾看準機會撲了上去，山妖感覺到自己背後有人襲擊，他揮舞着樹幹猛地一回身，卡第拉諾也沒想躲避，他伸出雙手，唸了句口訣。

「銅牆鐵壁——」

只聽「噹」的一聲巨響，卡第拉諾橫着飛了出去，他翻滾落到地上，痛苦地叫了起來。

「卡第拉諾——你沒事吧——」博士高喊道。

「還好，這傢伙……力氣真大……」卡第拉諾扶着一塊石頭，站了起來。

「凝固氣流彈——」博士隨手甩出一枚凝固氣流彈，海倫和本傑明站在他身邊，也甩出了凝固氣流彈。

「噹——噹——噹——」山妖用樹幹做武器，接連擋開了三枚氣流彈。

「流星拳——」維拉尼唸了一句口訣，一枚閃光的光球直奔山妖飛去。

山妖來不及用樹幹去擋了，他伸出了一隻手，迎上去擋光球，只聽「噹」的一聲，光球砸中了他的手掌，山妖扔下樹幹，捂着手臂怪叫起來。

「嗨——」博士見狀飛身躍起，居高臨下劈下一掌，山妖連忙閃身，翻滾到了一邊。

山妖赤手空拳，站在被他砍斷的雲杉樹後面，博士他們包圍了山妖，這傢伙很有一些蠻力，博士他們沒有急於進攻。

「你跑不了啦！」博士邊說，邊尋找進攻機會。

「多管閒事的魔法師！」山妖大口地喘着粗氣，他彎着腰，保持着進攻姿態，同時警覺地觀察着包圍自己的魔法師。

卡第拉諾緩過神來，他慢慢地走過來，看到局面僵持着，他突然一揮手，同時唸了一句口訣。

「閃電手——」

一道白色的閃電一下在空中形成，帶着「嘶嘶」的聲音直直地劈向山妖。

「飛盾！」山妖也唸了一句口訣，只見一個發光的盾牌飛起來攔在閃電前。

「隆——」的一聲，山妖的飛盾一下就被劈成兩半，山妖一驚，躲到了一邊，閃電沒有擊中他。

維拉尼見山妖跳到自己這邊，飛身上去，一把就抓住了山妖的胳膊，隨後一用力，想扭住他的胳膊把他按到。

山妖看到自己的胳膊被抓住，大喊一聲，一使勁，維拉尼一下就被他甩了出去，山妖的力氣太大了！

維拉尼撞到一棵樹，落地後直喊痛，看到主人被甩出去，莎拉飛撲上去，抱着山妖的腿一口咬下，山妖疼得大叫一聲，一抬腿，莎拉也飛了出去，眼看撞在一塊石頭上，保羅飛身撲過去一擋，救下了莎拉。

「保羅，用你的導彈，你不是總説有導彈嗎？」莎拉在地上一滾，起身後叫道。

「可博士説要抓活的……」保羅也很着急。

「那你們快抓……」莎拉沒有再理睬保羅，他跑到維拉尼身邊，「主人，你還好吧？」

「還好。」維拉尼扶着樹站了起來。

那邊，博士他們對山妖展開了圍攻，博士大聲提醒着大家，盡量不要和山妖發生肢體接觸，這傢伙的蠻力太大。

山妖被博士他們連連射出的凝固氣流彈攻擊得只有招

架之力，他用手臂防護着全身，接連擋開飛來的氣流彈，卡第拉諾也連發兩道閃電手，一道被山妖躲開，一道擊中他的肩膀，山妖肩膀上的毛都被燒焦了。

山妖只是力氣大，法術不算很高，他被輪番的攻擊逼得邊戰邊退，漸漸招架不住了。這時，恢復了氣力的維拉尼也加入了圍攻，五名魔法師一起包圍了山妖。

「不要輪番攻擊，我們一起來！」博士見維拉尼也加入，突然喊道，同時用力地擺了擺手，做出了暫停的手勢。

大家明白了博士的意思，猛地停止了攻擊，山妖也愣在了那裏。

博士忽然揚起了手。

「凝固氣流彈——」博士和小助手一起喊道。

「閃電手——」卡第拉諾一揮手。

「流星拳——」維拉尼同時喊道。

三枚凝固氣流彈、一道閃電、一顆流星拳一起襲向山妖，山妖剛剛擋開兩枚氣流彈，一枚氣流彈隨即擊中他的腰部，閃電手劈在他的腿上，流星拳命中了他的胸口。

「嗷——」一聲怪叫，山妖翻倒在地上，他第一下沒有爬起來，第二下扶着地抬起了身子。

「束手就擒吧！」博士走到山妖面前，大喝一聲。

「呼——」山妖手扶着地，對着博士他們張開了大嘴，一陣狂風夾雜着碎石和沙粒，一起襲向博士他們，那些碎石和沙粒打在大家臉上，很痛。大家連忙捂着臉，海倫和本傑明還背過了身子，保羅和莎拉差點被風吹起來。

山妖吃力地站起來，轉身就跑。博士有所防備，他「嗖」的甩出一枚發散着綠光的魔怪行蹤貼，魔怪貼正好貼在山妖的背後，那山妖沒什麼感覺，他只顧逃命。

「他要跑，追——」博士大喊一聲，追了上去。

狂風漸漸減弱，大家聽到博士的喊聲，一起追了上去，山妖在林地裏拚命穿行着，想擺脱追捕，但是他的行蹤被牢牢鎖定，保羅追在最前面，只需一枚導彈，山妖就會斃命，但是博士沒有下令。

山妖遭到剛才那狠狠的打擊，踉踉蹌蹌地跑着，眼看就要被追上，他回頭猛地一揮手，一股狂風猛襲過來，博士他們連忙捂住眼睛。

狂風過後，山妖一下就不見了，前面地勢比較開闊，只有不多的樹和山石，保羅連忙用身上的儀器搜索山妖。

「只有一百米呀。」保羅説道，「躲到哪裏了呀……啊，我找到了……」

「我都看見了。」博士笑着説，他指了指前面的一塊大石頭。

一棵樹旁，有一塊石頭，在石頭的上面，有一塊綠色的發光體，一閃一閃的。那其實是博士拋出的魔怪貼，這個東西讓山妖沒辦法隱藏，而且山妖根本不知道自己的後背貼着魔怪貼。

大家全都笑了，博士擺了擺手，示意自己來，他們一起走了過去，博士先走到石頭旁邊。

「跑哪裏去了？」博士站在石頭旁，自言自語道。

海倫和本傑明捂着嘴，努力不讓自己笑出聲來。

博士也忍不住了，他一揚手，往石頭上撒了一些顯形粉，山妖的樣子頓時顯現了出來，只見他四肢抱在一起，腦袋扎進了懷裏，背後的魔怪貼閃閃發亮。

「嗨，起來。」博士拍了拍山妖的後背，「這樣很難受的。」

山妖感覺到有誰在拍他，他抬起頭，看了看博士，又看了看自己，一下子明白了。

「嗷——」山妖惱羞成怒，利爪猛地抓向博士，博士一閃身，躲開了。

山妖轉身就跑，維拉尼他們連忙上前追趕。博士一下攔住了大家。

「真是頑固！」博士搖了搖頭，他看看保羅，「老伙計，準備射擊，讓導彈在他身邊十米處爆炸，千萬不要直

接命中。」

「放心。」保羅説道，隨即做好了攻擊的姿態，他的後背打開，彈出了一具發射架。

「現在就看他的命大不大了。」博士説道，他知道，即使導彈在山妖身邊爆炸，彈片也有可能致命，「發射！」

一枚導彈「嗖」地從發射架飛出，向山妖逃跑的方向飛去。

山妖吃力地爬向山坡，就在這時，一枚導彈「轟」地在他身邊爆炸，他慘叫一聲，被氣浪掀翻在地。

「啊——啊——」山妖那恐怖的哀吼十分淒慘，他身上扎着很多彈片，痛苦地抽搐着。

第十三章　解開謎團

大家圍了過去，山妖躺在地上，不再跑了，也不抵抗了，他受了重傷。

「你跑呀！」本傑明上去踢了他一腳。

「啊——」山妖大叫一聲，本傑明踢到了他的一處傷口。

「海倫，給他喝急救水。」博士説道。

海倫拿了些急救水，遞給了山妖，山妖聞了聞，連忙喝了下去。

「哎喲……」山妖捂着身子，急救水迅速發揮了效用，他感覺好一些了。

「你叫什麼？」博士蹲下身子，問道。

「哎喲……」山妖繼續呻吟。

「喂，問你話呢！」保羅大聲喊道，「信不信我再發一枚導彈……」

「不回答，拿回來！」海倫一把搶回急救水。

「我説……我説……」山妖連忙伸手要拿急救水，「我全都説。」

海倫把急救水遞給了山妖，山妖又喝了一口，長出了一口氣。

「我……我叫庫奇。」

「你老實說，還有沒有同夥？」博士問道。

「沒有，就我一個。」山妖庫奇答道。

「你的耳朵……」博士指了指山妖殘缺的左耳。

「很小的時候和熊打架，被熊咬掉了。」山妖恨恨地說。

「前些天你在蒂涅鎮那邊殺了頭熊，對吧？」博士連忙問。

山妖沒說話，只是用力點了點頭。

「十六年前，在這裏襲擊人類的也是你吧？」博士轉入了正式的話題。

「是的。」

「你是怎麼學會法術的呢？」

「我……十七年前，我在這山裏的時候遇到一個吸血巫師，他馴養了我，給我起了這個『庫奇』的名字，還教給我一些法術，他讓我做他的幫手……」

「他教了你變化術和輕身術吧？」博士打斷了山妖的話。

「是的，他先教給我輕身術，這樣踩在雪上就不留痕跡了。」

「為什麼十六年前你踩在雪上會留下腳印，而現在一點腳印都不留了呢？」維拉尼插話問。

「輕身術很難掌握，我一直掌握不好。」山妖説道，「這幾年我才完全掌握了輕身術，這是因為我吸了人血，魔力大長的緣故。」

「剛才你説巫師讓你做幫手，做什麼事呢？」博士説着冷笑一聲，「是一起害人吧？」

「是，他説吸人血能增加魔力，延長壽命，要我幫他在這山裏抓那些遊客吸血。」山妖緩緩地説，忽然，他擺了擺手，「不過還沒有做這件事，他就死了……」

「死了？」卡第拉諾疑惑地問。

「真的死了。」山妖説道，「他一直配製魔藥，説喝魔藥也能增加魔力，我也喝過一些魔藥藥水，確實感到力氣大增。有一天，他喝了剛配的魔藥，慘叫幾聲就死了，鼻子裏和嘴裏全都流出血來，他真的死了，我沒必要騙你們的……」

博士他們互相看了看，都點了點頭。的確，一些邪惡的巫師為了提高自己的魔力，經常配製魔藥服用，他們的魔藥配方往往都有毒，這樣配出來後的毒性更大，巫師服用魔藥後致死致傷的事，也時有發生。

「他死了，你就在這裏作案了，對嗎？」維拉尼問道。

「是的。」山妖微微閉起眼睛，「他死了以後，我一直記着他的話，老是想着吸人血。有一次，我遇到一個遊客，把他打暈後想吸血，但是我是第一次這樣幹，猶猶豫豫的，這時他的伙伴喊他，我就跑了。過了兩天，我又打暈一個遊客，有個村民看見了我，又喊又叫的，我只好跑了，後來……你們就來抓我了。」

山妖説着，指了指維拉尼和卡第拉諾，他還記得這兩個魔法師。

「當時我追你，你是不是變成了石頭，騙過了他的阻截。」維拉尼指了指卡第拉諾。

「是的。」

「可你怎麼知道他會阻截你呢？」維拉尼一直想問這個問題，這個問題纏繞了他十幾年了。

「你們聯繫的時候是不是用了資訊球？」山妖反問道。

「啊……是呀。」維拉尼點點頭。

「我逃跑的時候，看見一個資訊球從我頭頂飛到了山的那一邊，就知道你在聯繫魔法師，山那邊肯定有魔法師攔截我，所以我非常注意對面傳來的味道，剛聞到人的氣味，我就變成了石頭，躲過了你們的抓捕。」山妖解釋道，「巫師間的聯繫也常用資訊球，巫師還給我看過他的資訊球。」

「嗨！」維拉尼懊惱地説，他苦笑着望着卡第拉諾，「搞了半天是我不謹慎，還埋怨你。」

「這不能怪你。」卡第拉諾擺擺手，「我也不好，忘記了隱去人的味道，我應該知道山妖的嗅覺是很靈敏的……」

「還是怪我，要是讓資訊球繞道飛行，他就是聞到迎面的人味又怎麼知道是普通人還是魔法師……」

「好了，找到原因就好。」博士笑着對兩人擺擺手，隨後他盯着山妖，「你的嗅覺靈敏，那晚在泰斯鎮北，你是不是聞到人味就跑了？」

「泰斯鎮？」山妖眨了眨眼睛，「噢，對，幾天前我遇到你們，知道有魔法師抓我，就想趁天黑離開這裏。第一次差點被槍打中，第二次我一聞到人的味道，馬上就跑了。」

「夠狡猾的。」博士看看山妖，「接着說吧，十六年前你離開這裏，去了哪了？」

「我想跑得遠一些，就沿着山一直向東跑，最後在德國藏了起來。那裏有座山，緊挨着阿爾卑斯山，當地人管那山叫施瓦本山。」

聽到這話，大家全都用讚歎的眼光看着博士，博士都有點不好意思了。

「你在那裏作案了，一共三宗，害死三個人，對不對？」博士瞪着山妖，問道。

「啊……」山妖有些手足無措的，「你……你怎麼知道？」

「我還知道有魔法師抓你，但你跑掉了。」

「是這樣的。」山妖扭了扭脖子，「我剛到那裏時不敢吸血的，過了幾個月，我遇到一個迷路的遊客，我……我就害了他，吸了他的血。啊，吸血的方式也是那巫師教給我的。吸了血後，我覺得魔力大增，力氣更大了，於是就找機會再吸血。不過那裏雖樹木茂盛，山又不高，遊客也都是成羣結隊的，山路上到處都是人，我不好下手，怕引來魔法師。只有等待最佳時機。後來我又害了兩個落單的遊客，可是，也把魔法師引來了。不過我跑掉了，連續好多年都不敢作案，直到這次回來……」

「對了，你怎麼又跑回來了呢？」海倫打斷了庫奇的話。

「原因很多，我一直想回來，因為這裏是我的老家。」山妖說道，他又指了指維拉尼，「他們上次追我的時候，我走得很匆忙，巫師留給我的魔藥沒帶走，那魔藥是沒毒的，我喝過，還有那本變化術口訣書，我把這些東西都放在一個山洞裏，早就想回來拿了。最關鍵的是我在施瓦本山住的那個地方，今年開始經常有人炸山，吵死了，還有很多車開上來，岩羚羊和大角山羊全給嚇跑了，我的食物都沒了……」

「炸山？」博士皺了皺眉頭。

「對，是一個叫什麼赫爾根的礦山公司幹的，那些車上都寫着『赫爾根礦山公司』。」

「我明白了。」博士恍然大悟，「施瓦本山盛產鐵礦石，那家公司在開礦。」

「我想這地方待不下去了，乾脆回來，反正已經過了十多年，魔法師早回家了。」山妖説道，「於是我就回來了。」

「你找到了魔藥了嗎？」博士問。

「沒有，那個山洞早不見了，很多大石頭滑下來，那裏的樣子跟當年都不一樣了。」

「應該是山體滑坡。」卡第拉諾説道，他環視了一下大家，「這種情況時有發生。」

「回來後你就連續作案，對嗎？」維拉尼喝問道，「害了那麼多人，你可真瘋狂！」

「從我第一次吸人血後，就老是想着吸人血。」山妖説着舔了舔嘴巴，「尤其是回到這裏後，這裏的山比施瓦本山高多了，地方也大，遊客也不是成羣結隊的，尤其是那些登山的……我熟悉這裏的環境，在穆捷害了兩個登山的人，就控制不到自己了。我想吸血多了會魔力大增，這樣連魔法師也不用怕了，就……」

山妖不再說話了，他猛地又喝了一口急救水。

「那天我們追你的時候，你變成了箱子，是吧？」本傑明突然想起一個問題。

山妖沒說話，只是點了點頭。

「真夠狡猾的。」海倫瞪着山妖，輕聲說道。

那山妖的眼睛突然不動，他死死地盯着海倫的腳腕，海倫低頭一看，只見褲腳有血滲出來，剛才追擊山妖時，她的褲腳被樹枝扎破，把腳腕扎了個口子。

「啊！」海倫看着山妖的眼神，連忙後退了幾步。

「惡習不改！」博士觀察到了這一切，他拿出了裝魔瓶。

山妖頓時嚇壞了，雖然他不太清楚博士手裏的東西是什麼，但他能感到那是對自己不利的東西。

「你、你幹什麼？」山妖問道。

「害了那麼多條人命，你説我幹什麼？」博士説着舉起裝魔瓶，對準了山妖，「惡魔進瓶！」

山妖頓時變小，隨後一下被吸進了瓶子裏，三天後，他將完全融化。

尾聲

十天後，倫敦魔幻偵探所，魔法偵探們已經回來好幾天了，他們除掉了山妖，得到了法、意兩國警方的表彰，還遊覽了阿爾卑斯山。

海倫和本傑明正在打掃房間，門外突然傳來一陣拍門聲，那聲音非常急促。

「又有山妖了？」本傑明笑着説。

「就會亂説。」海倫連忙去開門，門一開，保羅竄了進來。

「快關門。」保羅説着關上了門。

「怎麼了？」本傑明連忙問，「山妖追你？」

「不是山妖，是貓咪，尼娜在追我。」保羅慌慌張張地説，「牠們正在找我呢。」

「貓咪追你？」本傑明大吃一驚，「不對呀，都是你追貓呀，貓怎麼會追你的？」

正在這時，門鈴響了，海倫去開門，實驗室裏的博士聽到門鈴聲，也走了出來。

門開了，西曼太太站在外面，不過她的臉色看上去還好。

「噢，南森先生，你家保羅這幾天天天給我家尼娜送魚，搞得我給尼娜吃什麼牠都不吃了，這可不好，營養搭配要合理……」

「保羅，怎麼回事？」博士假裝生氣。

「你不是要我和這附近的貓搞好關係嗎？」保羅搖了搖尾巴，「我就弄了些魚，拿給尼娜牠們吃。」

「啊？我說前兩天買的魚怎麼都少了，原來都給你拿走了。」海倫叫了起來。

「是呀，可你今天沒有買魚，我去哪找魚給牠們呀？牠們就追着我要……」保羅很委屈地說。

突然，尼娜和另外三隻貓一起鑽了進來，保羅嚇得連忙往屋子裏跑。四隻貓咪一起追了上去。

「救命——救命——」保羅邊跑邊喊，「我沒魚啦——」

「這個老伙計。」博士看着保羅，笑了。

推理時間

麥克警長，蘇格蘭場（倫敦警察廳）高級督察，南森和警方的聯絡人，也是一名大偵探，屢破奇案。當然，他所偵辦的都是人類世界中的案件。一起來看看他偵辦過的案件，運用你的推理能力，想一想他是如何破案的呢？

不翼而飛的信封

麥克警長這天去姐姐家的別墅做客，他的姐姐叫茱莉，有個很調皮的兒子，十二歲，叫查理斯，姐姐經常被這個孩子氣得頭痛，麥克也幫着管教，但是成效不大。

「你吃了晚飯再走吧，查理斯的爸爸一會就回來，保姆在做了。」茱莉説道，「查理斯——舅舅來了——」

裏面的房間沒有回應。

「戴着耳機打遊戲，喊也聽不到。」茱莉有些生氣地説，「一打遊戲就是幾個小時。」

麥克搖了搖頭。姐姐家的客廳裏有點冷，麥克看了看，窗戶開着一條縫，現在還是冬天，難怪很冷。

「總是玩遊戲可怎麼辦呀……」茱莉無奈地說，忽然，她的眼睛看着身邊的桌子，「啊，你來之前我在找東西，我在桌子上放了一個信封，裏面有給查理斯爸爸訂製服裝的錢，不見了。」

「我說你半天才開門。」麥克說，「什麼時候放上去的？確定放在桌子上了嗎？」

「當然。」茱莉點點頭，「十分鐘前放上去的，後來我去屋子裏，出來就不見了。」

「會不會是查理斯……」麥克輕聲地說。

「查理斯——」茱莉大聲喊起來，說着向查理斯的房間走去，「出來——」

不一會，查理斯不高興地走了出來，看見麥克，擺了擺手，算是打招呼。

「我問你，媽媽把錢放到一個信封中，並放在這裏。」茱莉跟在查理斯身後，指着桌子，「你拿了沒有？」

「沒有。」查理斯說，「我兩小時前就在屋子裏戴着耳機打遊戲，十分鐘前還沒出來。」

「是保姆拿走的吧。」查理斯指着廚房那邊，「剛才整個房子裏就我們三個人。」

「不要亂說。」麥克媽媽立即說，「保姆聽見會不高興的，人家一直在做晚餐。」

「反正我沒拿，可以去我的房間搜呀，找到就是我拿的。」

「行了，我知道在哪裏了，我也知道誰拿走的。」麥克嚴肅地說，「查理斯，你的話有破綻呀，你拿錢可不對，即便是媽媽的錢，也不能隨便拿走……」

說完，麥克找回了錢，查理斯臉通紅，承認錢是自己出來去洗手間的時候無意看到並拿走的。

請問，錢被查理斯放到什麼地方去了？麥克為什麼說查理斯的話有破綻？

答案：冬天窗戶不應該開着縫，錢被查理斯發現後從窗戶拋出去了，想等媽媽不找了以後再拿走，所以他會主動請媽媽去他的房間找，但匆忙間沒關好窗戶。查理斯的話有破綻，他聲稱自己在房間裏戴着耳機玩了兩個小時的遊戲從沒出來，卻知道十分鐘前錢在客廳裏不見了，非常矛盾。

魔幻偵探所 9

山妖之謎（修訂版）

作　　者：關景峰
繪　　圖：陳焯嘉
責任編輯：葉楚溶
美術設計：李成宇
出　　版：新雅文化事業有限公司
香港英皇道499號北角工業大廈18樓
電話：（852）2138 7998
傳真：（852）2597 4003
網址：http://www.sunya.com.hk
電郵：marketing@sunya.com.hk
發　　行：香港聯合書刊物流有限公司
香港新界大埔汀麗路36號中華商務印刷大廈3字樓
電話：（852）2150 2100
傳真：（852）2407 3062
電郵：info@suplogistics.com.hk
印　　刷：中華商務彩色印刷有限公司
香港新界大埔汀麗路36號
版　　次：二〇一九年十月初版

ISBN：978-962-08-7392-8

18/F, North Point Industrial Building, 499 King's Road, Hong Kong
Published and printed in Hong Kong